Le Petit Prince (1943)

© 2025 by Book One
Todos os direitos de tradução reservados e protegidos pela Lei 9.610 de 19/02/1998. Nenhuma parte desta publicação, sem autorização prévia por escrito da editora, poderá ser reproduzida ou transmitida sejam quais forem os meios empregados: eletrônicos, mecânicos, fotográficos, gravação ou quaisquer outros.

Coordenadora editorial	Francine C. Silva
Tradução do francês	Rafael Bisoffi
Preparação	Raíça Augusto
Revisão	Talita Grass Verena Cavalcante
Projeto gráfico e diagramação	Renato Klisman • @rkeditorial
Impressão	PlenaPrint

Dados Internacionais de Catalogação na Publicação (CIP)
Angélica Ilacqua CRB-8/7057

S144p   Saint-Exupéry, Antoine, 1900-1944
        O pequeno príncipe / Antoine de Saint-Exupéry ; tradução de Rafael Bisoffi. –– São Paulo : Excelsior, 2025.
        144 p. : il, color.

        ISBN 978-65-83545-07-7
        Título original: *Le Petit Prince*

        1. Ficção francesa I. Título II. Bisoffi, Rafael

25-0920   CDD 843

SIGA NAS REDES SOCIAIS:

- @EDITORAEXCELSIOR
- @EDITORAEXCELSIOR
- @EDEXCELSIOR
- @EDITORAEXCELSIOR

EDITORAEXCELSIOR.COM.BR

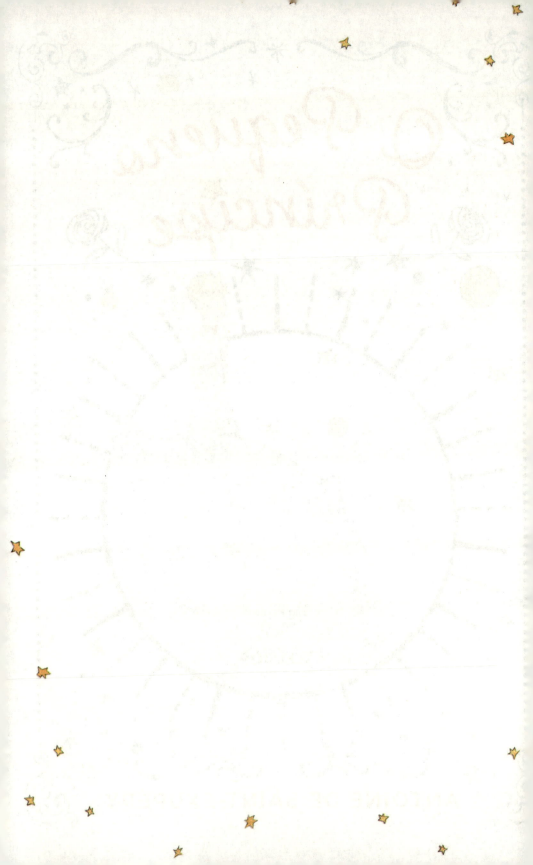

O Pequeno Príncipe

Antoine de Saint-Exupéry

(Le Petit Prince)

Sumário

I	13	XV	81
II	17	XVI	87
III	23	XVII	89
IV	27	XVIII	94
V	33	XIX	96
VI	39	XX	98
VII	41	XXI	100
VIII	46	XXII	109
IX	52	XXIII	111
X	56	XXIV	113
XI	65	XXV	118
XII	68	XXVI	124
XIII	70	XXVII	135
XIV	76	Sobre o autor	141

DEDICADO
A LÉON WERTH

Peço perdão às crianças por dedicar este livro a uma pessoa crescida. Tenho uma boa desculpa: essa pessoa crescida é o melhor amigo que tenho no mundo. Tenho outra desculpa: essa pessoa crescida é capaz de entender tudo, até livros para crianças. Tenho ainda uma terceira desculpa: essa pessoa crescida mora na França e está com fome e com frio. Ela realmente precisa ser consolada. Se todas essas desculpas não forem suficientes, estou disposto a dedicar este livro à criança que essa pessoa crescida já foi. Todas as pessoas crescidas um dia foram crianças — mas poucas se lembram disso. Então, eu corrijo minha dedicatória:

A LÉON WERTH
QUANDO ELE ERA UMA CRIANÇA

DEDICACE
A LÉON WERTH.

Je demande pardon aux enfants d'avoir dédié ce livre à une grande personne. J'ai une excuse sérieuse: cette grande personne est le meilleur ami que j'ai au monde. J'ai une autre excuse: cette grande personne peut tout comprendre, même les livres pour enfants. J'ai une troisième excuse: cette grande personne habite la France où elle a faim et froid. Elle a bien besoin d'être consolée. Si toutes ces excuses ne suffisent pas, je veux bien dédier ce livre à l'enfant qu'a été autrefois cette grande personne. Toutes les grandes personnes ont d'abord été des enfants. (Mais peu d'entre elles s'en souviennent.) Je corrige donc ma dédicace:

A LÉON WERTH
QUAND IL ÉTAIT PETIT GARÇON

I

Lorsque j'avais six ans j'ai vu, une fois, une magnifique image, dans un livre sur la forêt vierge qui s'appelait «Histoires Vécues». Ça représentait un serpent boa qui avalait un fauve. Voilà la copie du dessin.

Uma vez, quando eu tinha seis anos, vi uma imagem magnífica em um livro sobre a floresta intocada chamado *Contos da Vida Real*. Ela representava uma jiboia engolindo um grande felino. Eis a cópia do desenho.

On disait dans le livre: «Les serpents boas avalent leur proie tout entière, sans la mâcher. Ensuite ils ne peuvent plus bouger et ils dorment pendant les six mois de leur digestion».

O livro dizia: "As jiboias engolem suas presas inteiras, sem mastigar. Então, elas não podem mais se mexer e dormem por seis meses enquanto fazem a digestão".

J'ai alors beaucoup réfléchi sur les aventures de la jungle et, à mon tour, j'ai réussi, avec un crayon de couleur, à tracer mon premier dessin. Mon dessin numéro 1. Il était comme ça:

Em seguida, fiquei refletindo muito sobre as aventuras na selva e, por minha conta, consegui, com um lápis de cor, traçar meu primeiro desenho. Meu desenho número 1. Ele ficou assim:

J'ai montré mon chef-d'oeuvre aux grandes personnes et je leur ai demandé si mon dessin leur faisait peur.

Elles m'ont répondu: «Pourquoi un chapeau ferait-il peur?»

Mon dessin ne représentait pas un chapeau. Il représentait un serpent boa qui digérait un éléphant. J'ai alors dessiné l'intérieur du serpent boa, afin que les grandes personnes puissent comprendre. Elles ont toujours besoin d'explications. Mon dessin numéro 2 était comme ça:

Mostrei minha obra-prima para as pessoas crescidas e perguntei se elas sentiam medo ao ver o meu desenho.

Elas me responderam: "Por que um chapéu daria medo?".

Meu desenho não representava um chapéu. Ele retratava uma jiboia digerindo um elefante. Desenhei, então, o interior da jiboia, para que as pessoas crescidas pudessem entender. Elas sempre precisam de explicações. Meu desenho número 2 ficou assim:

Les grandes personnes m'ont conseillé de laisser de côté les dessins de serpents boas ouverts ou fermés, et de m'intéresser plutôt à la géographie, à l'histoire, au calcul et à la grammaire. C'est ainsi que j'ai abandonné, à l'âge de six ans, une magnifique carrière de peinture. J'avais été découragé par l'insuccès de mon dessin numéro 1 et de mon dessin numéro 2. Les grandes personnes ne comprennent jamais rien toutes seules, et c'est fatigant, pour les enfants, de toujours et toujours leur donner des explications.

J'ai donc dû choisir un autre métier et j'ai appris à piloter des avions. J'ai volé un peu partout dans le monde. Et la géographie, c'est exact, m'a beaucoup servi. Je savais reconnaître, du premier coup d'oeil, la Chine de l'Arizona. C'est très utile, si l'on s'est égaré pendant la nuit.

J'ai ainsi eu, au cours de ma vie, des tas de contacts avec des tas de gens sérieux. J'ai beaucoup vécu chez les grandes personnes. Je les ai vues de très près. ça n'a pas trop amélioré mon opinion.

As pessoas crescidas me aconselharam a deixar de lado os desenhos de jiboias abertas ou fechadas e a focar principalmente na geografia, história, aritmética e gramática. Foi assim que, aos seis anos, desisti de uma magnífica carreira na pintura. Eu tinha sido desencorajado pelo fracasso do meu desenho número 1 e do meu desenho número 2. As pessoas crescidas nunca entendem nada por conta própria, e é cansativo para as crianças ter que ficar sempre e sempre dando explicações.

Tive, portanto, que escolher outra profissão e aprendi a pilotar aviões. Voei um pouco por todo o mundo. E é claro que a geografia foi muito útil para mim. Só de bater o olho, eu sabia distinguir a China do Arizona. Isso é muito útil quando alguém se perde durante a noite.

Assim, ao longo da minha vida, tive contato com muita gente séria. Vivi bastante com as pessoas crescidas. Eu as vi muito de perto e minha opinião sobre elas não melhorou tanto assim.

Quand j'en rencontrais une qui me paraissait un peu lucide, je faisais l'expérience sur elle de mon dessin numéro 1 que j'ai toujours conservé. Je voulais savoir si elle était vraiment compréhensive. Mais toujours elle me répondait: «C'est un chapeau.» Alors je ne lui parlais ni de serpents boas, ni de forêts vierges, ni d'étoiles. Je me mettais à sa portée. Je lui parlais de bridge, de golf, de politique et de cravates. Et la grande personne était bien contente de connaître un homme aussi raisonnable.

Quando encontrava uma que me parecia um pouco lúcida, fazia uma experiência com ela usando meu desenho número 1, que sempre guardei comigo. Eu queria saber se ela conseguia entender de verdade. Mas a resposta nunca mudava: "É um chapéu". Então eu não falava com ela sobre jiboias, nem sobre florestas intocadas, nem sobre estrelas. Eu descia até o seu nível. Conversava com ela a respeito de jogos de carta, golfe, política e gravatas. E a pessoa crescida ficava muito feliz em conhecer um homem assim tão razoável.

II

J'ai ainsi vécu seul, sans personne avec qui parler véritablement, jusqu'à une panne dans le désert du Sahara, il y a six ans. Quelque chose s'était cassé dans mon moteur. Et comme je n'avais avec moi ni mécanicien, ni passagers, je me préparai à essayer de réussir, tout seul, une réparation difficile. C'était pour moi une question de vie ou de mort. J'avais à peine de l'eau à boire pour huit jours.

Le premier soir je me suis donc endormi sur le sable à mille milles de toute terre habitée. J'étais bien plus isolé qu'un naufragé sur un radeau au milieu de l'océan. Alors vous imaginez ma surprise, au lever du jour, quand une drôle de petite voix m'a réveillé. Elle disait:

-S'il vous plaît...dessine-moi un mouton!

-Hein!

Eu vivia sozinho, sem ninguém com quem conversar de verdade, até que uma pane me fez parar no deserto do Saara há seis anos. Algo quebrou no meu motor. E como não havia nem mecânico nem passageiros comigo, preparei-me para tentar fazer um reparo difícil por conta própria. Era uma questão de vida ou morte para mim. Eu mal tinha água para beber por oito dias.

Na primeira noite, adormeci na areia a millhas e milhas de qualquer terra habitada. Eu estava muito mais isolado do que um náufrago em uma jangada no meio do oceano. Então você pode imaginar minha surpresa, ao amanhecer, quando uma pequena voz engraçada me acordou. Ela dizia:

– Por favor... Desenhe uma ovelha para mim!

– O quê?!

-Dessine-moi un mouton...

J'ai sauté sur mes pieds comme si j'avais été frappé par la foudre. J'ai bien frotté mes yeux. J'ai bien regardé. Et j'ai vu un petit bonhomme tout à fait extraordinaire qui me considérait gravement. Voilà le meilleur portrait que, plus tard, j'ai réussi à faire de lui. Mais mon dessin, bien sûr, est beaucoup moins ravissant que le modèle. Ce n'est pas ma faute. J'avais été découragé dans ma carrière de peintre par les grandes personnes, à l'age de six ans, et je n'avais rien appris à dessiner, sauf les boas fermés et les boas ouverts.

Je regardai donc cette apparition avec des yeux tout ronds d'étonnement. N'oubliez pas que je me trouvais à mille milles de toute région habitée. Or mon petit bonhomme ne me semblait ni égaré, ni mort de fatigue, ni mort de faim, ni mort de soif, ni mort de peur. Il n'avait en rien l'apparence d'un enfant perdu au milieu du désert, à mille milles de toute région habitée. Quand je réussis enfin à parler, je lui dis:

– Desenhe uma ovelha para mim!

Eu me levantei num salto, como se tivesse sido atingido por um raio. Esfreguei os olhos com força. Olhei bem perto. E vi um homenzinho muito extraordinário que me encarava com seriedade. Eis o melhor retrato que consegui fazer dele mais tarde. Mas meu desenho, é claro, é muito menos adorável do que o modelo. Não é minha culpa. Aos seis anos de idade, as pessoas crescidas tinham me desencorajado a seguir a carreira de pintor, e não aprendi a desenhar nada, exceto jiboias fechadas e jiboias abertas.

Enfim, olhei para essa aparição com os olhos arregalados de espanto. Não se esqueça de que eu estava a milhas e milhas de qualquer região habitada. Ora, meu homenzinho não me parecia estar perdido, nem morto de cansaço, nem morto de fome, nem morto de sede, nem morto de medo. Ele em nada se parecia com uma criança perdida no meio do deserto, a milhas e milhas de qualquer região habitada. Quando finalmente consegui falar, disse a ele:

-Mais qu'est-ce que tu fais là?
Et il me répéta alors, tout doucement, comme une chose très sérieuse:
-S'il vous plaît...dessine-moi un mouton...

– Mas o que você está fazendo aqui?
E então ele repetiu para mim, com suavidade, como se dissesse algo muito sério:
– Por favor... desenhe uma ovelha para mim.

Quand le mystère est trop impressionnant, on n'ose pas désobéir. Aussi absurde que cela me semblât à mille milles de tous les endroits habités et en danger de mort, je sortis de ma poche une feuille de papier et un stylographe. Mais je me rappelai alors que j'avais surtout étudié la géographie, l'histoire, le calcul et la grammaire et je dis au petit bonhomme (avec un peu de mauvaise humeur) que je ne savais pas dessiner. Il me répondit:

-Ça ne fait rien. Dessine-moi un mouton.

Comme je n'avais jamais dessiné un mouton je refis, pour lui, l'un des deux seuls dessins dont j'étais capable. Celui du boa fermé. Et je fus stupéfait d'entendre le petit bonhomme me répondre:

-Non! Non! Je ne veux pas d'un éléphant dans un boa. Un boa c'est très dangereux, et un éléphant c'est très encombrant. Chez moi c'est tout petit. J'ai besoin d'un mouton. Dessine-moi un mouton.

Alors j'ai dessiné.

Quando o mistério é impressionante demais, não se pode ousar desobedecer. Por mais absurdo que me parecesse, a milhas e milhas de todos os lugares habitados e em perigo de morte, tirei do bolso uma folha de papel e uma caneta tinteiro. Mas me lembrei de que havia estudado principalmente geografia, história, aritmética e gramática, e disse ao homenzinho (com um pouco de mau humor) que não sabia desenhar. Ele respondeu:

– Não faz mal. Desenhe uma ovelha para mim.

Como eu nunca tinha desenhado uma ovelha antes, refiz para ele um dos dois únicos desenhos que eu era capaz de fazer: o da jiboia fechada. E fiquei estupefato ao ouvir o homenzinho me responder:

– Não! Não! Eu não quero um elefante dentro de uma jiboia. Uma jiboia é muito perigosa e um elefante é muito corpulento. De onde eu venho, tudo é pequeno. Eu preciso de uma ovelha. Desenhe uma ovelha para mim.

Sendo assim, desenhei.

Il regarda attentivement, puis:

-Non! Celui-là est déjà très malade. Fais-en un autre.
Je dessinai:

Mon ami sourit gentiment, avec indulgence:

-Tu vois bien...ce n'est pas un mouton, c'est un bélier. Il a des cornes...

Je refis donc encore mon dessin: Mais il fut refusé, comme les précédents:

Ele olhou com atenção e depois disse:

– Não! Essa aí já está muito doente. Faça outra.
Desenhei:

Meu amigo sorriu gentilmente, com bondade:

– Veja bem... isso não é uma ovelha, é um carneiro. Já é adulto e tem chifres...

Refiz meu desenho, mas foi recusado, como os anteriores:

-Celui-là est trop vieux. Je veux un mouton qui vive longtemps.

Alors, faute de patience, comme j'avais hâte de commencer le démontage de mon moteur, je griffonnai ce dessin-ci.

Et je lançai:

-Ça c'est la caisse. Le mouton que tu veux est dedans.

– Essa está velha demais. Quero uma ovelha que viva bastante.

Nisso, já sem paciência, pois estava com pressa para começar a desmontar meu motor, rabisquei este desenho.

E disparei:

– Essa é a caixa. A ovelha que você quer está dentro dela.

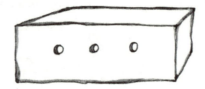

Mais je fus bien surpris de voir s'illuminer le visage de mon jeune juge:

-C'est tout à fait comme ça que je le voulais! Crois-tu qu'il faille beaucoup d'herbe à ce mouton?

-Pourquoi?

-Parce que chez moi c'est tout petit...

-Ça suffira sûrement. Je t'ai donné un tout petit mouton.

Il pencha la tête vers le dessin:

-Pas si petit que ça...Tiens! Il s'est endormi...

Et c'est ainsi que je fis la connaissance du petit prince.

E fiquei bem surpreso ao ver o rosto do meu jovem juiz se iluminando:

– É exatamente assim que eu queria! Você acha que esta ovelha precisa de muita grama?

– Por quê?

– Porque de onde eu venho tudo é pequeno...

– Você vai ter o suficiente. Eu te dei uma ovelha bem pequenininha.

Ele voltou a olhar para o desenho:

– Nem tão pequenininha assim... Olha só! Ela dormiu...

E foi assim que conheci o pequeno príncipe.

III

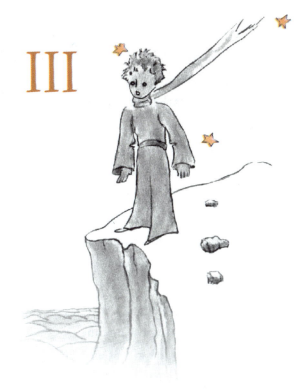

Il me fallut longtemps pour comprendre d'où il venait. Le petit prince, qui me posait beaucoup de questions, ne semblait jamais entendre les miennes. Ce sont des mots prononcés par hasard qui, peu à peu, m'ont tout révélé. Ainsi, quand il aperçu pour la première fois mon avion (je ne dessinerai pas mon avion, c'est un dessin beaucoup trop compliqué pour moi) il me demanda:

-Qu'est ce que c'est que cette chose-là?

-Ce n'est pas une chose. Ça vole. C'est un avion. C'est mon avion.

Levei muito tempo para compreender de onde ele vinha. O pequeno príncipe, que me fazia muitas perguntas, nunca parecia ouvir as minhas. Foram palavras ditas por acaso que, pouco a pouco, me revelaram tudo. Quando viu meu avião pela primeira vez (não vou desenhar meu avião, é um desenho complicado demais para mim), ele me perguntou:

– O que é essa coisa aí?

– Não é uma coisa. Ele voa. É um avião. É o meu avião.

Et j'étais fier de lui apprendre que je volais. Alors il s'écria:

-Comment! tu es tombé du ciel!

-Oui, fis-je modestement.

-Ah! ça c'est drôle!...

Et le petit prince eut un très joli éclat de rire qui m'irrita beaucoup. Je désire que l'on prenne mes malheurs au sérieux. Puis il ajouta:

-Alors, toi aussi tu viens du ciel! De quelle planète es-tu?

J'entrevis aussitôt une lueur, dans le mystère de sa présence, et j'interrogeai brusquement:

-Tu viens donc d'une autre planète?

Mais il ne me répondit pas. Il hochait la tête doucement tout en regardant mon avion:

-C'est vrai que, là-dessus, tu ne peux pas venir de bien loin...

Et il s'enfonça dans une rêverie qui dura longtemps. Puis, sortant mon mouton de sa poche, il se plongea dans la contemplation de son trésor.

E fiquei orgulhoso ao explicar-lhe que eu voava. Então ele exclamou:

– Como assim!? Você caiu do céu?

– Caí – respondi com modéstia.

– Ah, que engraçado!...

E o pequeno príncipe soltou uma gargalhada que me deixou bem irritado. Prefiro que meus infortúnios sejam levados a sério. Em seguida, ele acrescentou:

– Então você também vem do céu! De que planeta você é?

Nesse momento entrevi uma luz no mistério de sua presença e perguntei rapidamente:

– Então você vem de outro planeta?

Mas ele não me respondeu. Balançou a cabeça suavemente enquanto olhava para o meu avião:

– É bem verdade que, nisso aí, você não pode ter vindo de longe...

E afundou em um devaneio que durou muito tempo. Então, tirando minha ovelha do bolso, ele mergulhou na contemplação de seu tesouro.

Vous imaginez combien j'avais pu être intrigué par cette demi-confidence sur «les autres planètes». Je m'efforçai donc d'en savoir plus long:

-D'où viens-tu, mon petit bonhomme? Où est-ce «chez toi»? Où veux-tu emporter mon mouton?

Il me répondit après un silence méditatif:

-Ce qui est bien, avec la caisse que tu m'as donnée, c'est que, la nuit, ça lui servira de maison.

-Bien sûr. Et si tu es gentil, je te donnerai aussi une corde pour l'attacher pendant le jour. Et un piquet.

La proposition parut choquer le petit prince:

-L'attacher? Quelle drôle d'idée!

-Mais si tu ne l'attaches pas, il ira n'importe où, et il se perdra...

Et mon ami eut un nouvel éclat de rire:

-Mais où veux-tu qu'il aille!

-N'importe où. Droit devant lui...

Você pode imaginar como devo ter ficado intrigado com essa confissão pela metade sobre "os outros planetas". Por isso, tentei descobrir mais:

– De onde você vem, meu homenzinho? Onde é "sua casa"? Para onde você quer levar minha ovelha?

Depois de um silêncio meditativo, ele me respondeu:

– O bom da caixa que você me deu é que, à noite, pode servir de casa para ela.

– É verdade. E se você for gentil, também lhe darei uma corda para amarrá-la durante o dia. E uma estaca.

A proposta pareceu chocar o pequeno príncipe:

– Amarrar? Que ideia estranha!

– Mas se você não amarrá-la, ela vai para qualquer lugar, e se perderá...

E meu amigo soltou uma nova gargalhada:

– Mas para onde você acha que ela poderia ir?

– Para qualquer lugar. Pode disparar para a frente...

Alors le petit prince remarqua gravement:

-Ça ne fait rien, c'est tellement petit, chez moi!

Et, avec un peu de mélancolie, peut-être, il ajouta:

-Droit devant soi on ne peut pas aller bien loin...

Então o pequeno príncipe ficou sério e comentou:

– Não faz mal, é tão pequena a minha casa!

E talvez com um pouco de melancolia, ele acrescentou:

– Se ela disparar para a frente não vai chegar muito longe...

IV

J'avais ainsi appris une seconde chose très importante: C'est que sa planète d'origine était à peine plus grande qu'une maison!

Ça ne pouvait pas m'étonner beaucoup. Je savais bien qu'en dehors des grosses planètes comme la Terre, Jupiter, Mars, Vénus, auxquelles on a donné des noms, il y en a des centaines d'autres qui sont quelque-fois si petites qu'on a beaucoup de mal à les apercevoir au télescope. Quand un astronome découvre l'une d'elles, il lui donne pour nom un numéro. Il l'appelle par exemple: «l'astéroïde 3251.»

J'ai de sérieuses raisons de croire que la planète d'ou venait le petit prince est l'astéroïde B 612.

Eu havia descoberto uma segunda coisa muito importante: seu planeta de origem era pouco maior que uma casa!

Isso não deveria me surpreender muito. Eu sabia bem que, além dos grandes planetas que receberam nomes, como a Terra, Júpiter, Marte, Vênus, existem centenas de outros que às vezes, por serem muito pequenos, são difíceis de avistar através de um telescópio. Quando um astrônomo descobre um deles, ele lhe dá um número e passa a chamá-lo, por exemplo, de: "asteroide 3251".

Tenho sérias razões para acreditar que o planeta de onde veio o pequeno príncipe é o asteroide B 612.

Cet astéroïde n'a été aperçu qu'une fois au télescope, en 1909, par un astronome turc.

Esse asteroide só foi avistado uma vez através de um telescópio, em 1909, por um astrônomo turco.

Il avait fait alors une grande démonstration de sa découverte à un Congrès International d'Astronomie.

Mais personne ne l'avait cru à cause de son costume. Les grandes personnes sont comme ça.

Nessa ocasião, ele fez uma grande apresentação de sua descoberta em um Congresso Internacional de Astronomia.

Mas ninguém acreditou nele por causa de suas roupas. As pessoas crescidas são assim.

Heureusement pour la réputation de l'astéroïde B 612, un dictateur turc imposa à son peuple, sous peine de mort, de s'habiller à l'européenne. L'astronome refit sa démonstration en 1920, dans un habit très élégant. Et cette fois-ci tout le monde fut de son avis.

Felizmente para a reputação do asteroide B 612, um ditador turco impôs ao seu povo, sob pena de morte, vestir-se como mandava a moda europeia. O astrônomo repetiu sua demonstração em 1920, em uma roupa muito elegante. E desta vez todos concordaram com sua apresentação.

Si je vous ai raconté ces détails sur l'astéroïde B 612 et si je vous ai confié son numéro, c'est à cause des grandes personnes. Les grandes personnes aiment les chiffres. Quand vous leur parlez d'un nouvel ami, elles ne vous questionnent jamais sur l'essentiel. Elles ne vous disent jamais : « Quel est le son de sa voix ? Quels sont les jeux qu'il préfère ? Est-ce qu'il collectionne les papillons ? » Elles vous demandent : « Quel âge a-t-il ? Combien a-t-il de frères ? Combien pèse-t-il ? Combien gagne son père ? » Alors seulement elles croient le connaître. Si vous dites aux grandes personnes : « J'ai vu une belle maison en briques roses, avec des géraniums aux fenêtres et des colombes sur le toit... » elles ne parviennent pas à s'imaginer cette maison. Il faut leur dire : « J'ai vu une maison de cent mille francs. » Alors elles s'écrient : « Comme c'est joli ! »

Se eu lhe contei esses detalhes sobre o asteroide B 612 e se lhe dei seu número, é por causa das pessoas crescidas. As pessoas crescidas adoram números. Quando você fala com elas sobre um novo amigo, elas nunca questionam sobre o essencial. Elas nunca querem saber: "Qual é o som de sua voz? Quais são seus jogos favoritos? Ele coleciona borboletas?". Elas perguntam: "Quantos anos ele tem? Quantos irmãos ele tem? Quanto pesa? Quanto ganha o pai dele?". Só então elas pensam que o conhecem. Se você disser às pessoas crescidas: "Eu vi uma bela casa feita de tijolos rosa, com gerânios nas janelas e pombas no telhado...", elas não conseguem imaginar essa casa. Você tem que dizer a elas: "Eu vi uma casa que custa cem mil francos". Então elas exclamam: "Que maravilha!".

Ainsi, si vous leur dites: «La preuve que le petit prince a existé c'est qu'il était ravissant, qu'il riait, et qu'il voulait un mouton. Quand on veut un mouton, c'est la preuve qu'on existe» elles hausseront les épaules et vous traiteront d'enfant! Mais si vous leur dites: «La planète d'où il venait est l'astéroïde B 612» alors elles seront convaincues, et elles vous laisseront tranquille avec leurs questions. Elles sont comme ça. Il ne faut pas leur en vouloir. Les enfants doivent être très indulgents envers les grandes personnes.

Mais, bien sûr, nous qui comprenons la vie, nous nous moquons bien des numéros! J'aurais aimé commencer cette histoire à la façon des contes de fées. J'aurais aimé dire:

«Il était une fois un petit prince qui habitait une planète à peine plus grande que lui, et qui avait besoin d'un ami...» Pour ceux qui comprennent la vie, ça aurait eu l'air beaucoup plus vrai.

Car je n'aime pas qu'on lise mon livre à la légère. J'éprouve tant de chagrin à raconter ces

Assim, se você disser a elas: "A prova de que o pequeno príncipe existiu é que ele era adorável, que ele ria e que queria uma ovelha. Quando você quer uma ovelha, é a prova de que você existe", elas vão encolher os ombros e tratá-lo como criança! Mas se você disser a eles: "O planeta de onde ele veio é o asteroide B 612", elas ficarão convencidas e o deixarão em paz com seus questionamentos. É assim que elas são. Não devemos culpá-las. As crianças devem ter muita paciência com as pessoas crescidas.

Mas, claro, nós que compreendemos a vida, nós não nos importamos com números! Eu gostaria de ter começado esta história no estilo dos contos de fadas. Eu gostaria de dizer:

"Era uma vez um pequeno príncipe que vivia em um planeta pouco maior do que ele, e que precisava de um amigo...". Teria parecido muito mais real para aqueles que compreendem a vida.

Como não gosto que meu livro seja lido superficialmente, sinto muita tristeza ao contar

souvenirs. Il y a six ans déjà que mon ami s'en est allé avec son mouton. Si j'essaie ici de le décrire, c'est afin de ne pas l'oublier. C'est triste d'oublier un ami. Tout le monde n'a pas eu un ami. Et je puis devenir comme les grandes personnes qui ne s'intéressent plus qu'aux chiffres. C'est donc pour ça encore que j'ai acheté une boîte de couleurs et des crayons. C'est dur de se remettre au dessin, à mon âge, quand on n'a jamais fait d'autres tentatives que celle d'un boa fermé et celle d'un boa ouvert, à l'âge de six ans! J'essayerais, bien sûr, de faire des portraits le plus ressemblants possible. Mais je ne suis pas tout à fait certain de réussir. Un dessin va, et l'autre ne ressemble plus. Je me trompe un peu aussi sur la taille. Ici le petit prince est trop grand. Là il est trop petit. J'hésite aussi sur la couleur de son costume. Alors je tâtonne comme ci et comme ça, tant bien que mal. Je me tromperai enfin sur certains détails plus importants. Mais ça, il faudra me le pardonner. Mon ami ne donnait jamais d'explications. Il me croyait

essas memórias. Já se passaram seis anos desde que meu amigo partiu com sua ovelha. Se tento descrevê-lo aqui, é para não esquecê-lo. É triste esquecer um amigo. Nem todo mundo teve um amigo. E corro o risco de me tornar como as pessoas crescidas que só se interessam por números. É por isso que comprei uma caixa de lápis de cor. É difícil voltar a desenhar na minha idade, quando você nunca fez outra tentativa além de uma jiboia fechada e de uma jiboia aberta, aos seis anos! Eu, é claro, tentaria fazer os retratos mais fiéis, se possível. Mas não tenho certeza se vou ter sucesso. Um desenho vai bem, e o outro já não se parece mais. Também estou um pouco enganado sobre o tamanho. Às vezes, o pequeno príncipe é muito grande. Às vezes, é muito pequeno. Também estou hesitando sobre a cor do terno dele. Então eu tento assim e assado, da melhor maneira que posso. É provável que eu erre sobre alguns detalhes mais importantes. Mas isso deverá ser perdoado. Meu amigo nunca deu nenhuma

peut-être semblable à lui. Mais moi, malheureusement, je ne sais pas voir les moutons à travers les caisses. Je suis peut-être un peu comme les grandes personnes. J'ai dû vieillir.

explicação. Talvez ele tenha pensado que eu fosse como ele. Mas, infelizmente, não sei como ver ovelhas através das caixas. Talvez eu seja um pouco como as pessoas crescidas. Devo ter envelhecido.

V

Chaque jour j'apprenais quelque chose sur la planète, sur le départ, sur le voyage. Ça venait tout doucement, au hasard des réflexions. C'est ainsi que, le troisième jour, je connus le drame des baobabs.

Cette fois-ci encore ce fut grâce au mouton, car brusquement le petit prince m'interrogea, comme pris d'un doute grave:

-C'est bien vrai, n'est-ce pas, que les moutons mangent les arbustes?

-Oui. C'est vrai.

-Ah! Je suis content!

A cada dia eu descobria algo sobre o planeta, sobre a partida, sobre a viagem. Isso veio muito lentamente, ao acaso das reflexões. Foi assim que, no terceiro dia, conheci o drama dos baobás.

Mais uma vez, essa conversa aconteceu graças à ovelha, pois o pequeno príncipe me interrogou bruscamente, como se tivesse uma dúvida séria:

– É mesmo verdade que as ovelhas comem arbustos, não é?

– Sim. É verdade.

– Ah! Fiquei feliz!

Je ne compris pas pourquoi il était si important que les moutons mangeassent les arbustes. Mais le petit prince ajouta:

-Par conséquent ils mangent aussi les baobabs?

Je fis remarquer au petit prince que les baobabs ne sont pas des arbustes, mais des arbres grands comme des églises et que, si même il emportait avec lui tout un troupeau d'éléphants, ce troupeau ne viendrait pas à bout d'un seul baobab.

L'idée du troupeau d'éléphants fit rire le petit prince:

-Il faudrait les mettre les uns sur les autres...

Mais il remarqua avec sagesse:

-Les baobabs, avant de grandir, ça commence par être petit.

-C'est exact! Mais pourquoi veux-tu que tes moutons mangent les petits baobabs?

Il me répondit: «Ben! Voyons!» comme s'il s'agissait là d'une évidence. Et il me fallut un grand effort d'intelligence pour comprendre à moi seul ce problème.

Et en effet, sur la planète du petit prince, il y avait comme sur

Eu não entendi por que era tão importante que as ovelhas comessem arbustos. Mas o pequeno príncipe acrescentou:

– Então elas também comem os baobás?

Expliquei ao pequeno príncipe que os baobás não são arbustos, mas árvores do tamanho de igrejas, e que mesmo que ele levasse consigo uma manada inteira de elefantes, essa manada não daria conta de comer um único baobá.

A ideia da manada de elefantes fez o pequeno príncipe rir:

– Seria necessário colocar um em cima do outro...

Mas ele observou com sabedoria:

– Os baobás, antes de crescerem, começam sendo pequenos.

– Exato! Mas por que você quer que suas ovelhas comam os pequenos baobás?

Ele respondeu: Bem, não está claro?!", como se fosse algo óbvio. E foi necessário um grande esforço de inteligência para que eu entendesse sozinho esse problema.

E, de fato, havia no planeta do pequeno príncipe, como em

toutes les planètes, de bonnes herbes et de mauvaises herbes. Par conséquent de bonnes graines de bonnes herbes et de mauvaises graines de mauvaises herbes. Mais les graines sont invisibles. Elles dorment dans le secret de la terre jusqu'à ce qu'il prenne fantaisie à l'une d'elles de se réveiller. Alors elle s'étire, et pousse d'abord timidement vers le soleil une ravissante petite brindille inoffensive. S'il s'agit d'une brindille de radis ou de rosier, on peut la laisser pousser comme elle veut. Mais s'il s'agit d'une mauvaise plante, il faut arracher la plante aussitôt, dès qu'on a su la reconnaître. Or il y avait des graines terribles sur la planète du petit prince...c'étaient les graines de baobabs. Le sol de la planète en était infesté. Or un baobab, si l'on s'y prend trop tard, on ne peut jamais plus s'en débarrasser. Il encombre toute la planète. Il la perfore de ses racines. Et si la planète est trop petite, et si les baobabs sont trop nombreux, ils la font éclater.

todos os planetas, ervas boas e ervas ruins. Portanto, boas sementes de boas ervas e sementes ruins de ervas ruins. Mas as sementes são invisíveis. Eles dormem no segredo da terra até que uma delas tenha a vontade de acordar. Então ela se estica e, a princípio, estende timidamente em direção ao sol um lindo galho inofensivo. Se for um rabanete ou galho de rosa, é possível deixar crescer à vontade. Mas se for uma planta ruim, a planta deve ser arrancada assim que for reconhecida. Ora, havia sementes terríveis no planeta do pequeno príncipe... eram as sementes de baobás. O solo do planeta estava infestado delas. E se você percebe tarde demais, nunca mais poderá se livrar de um baobá. Ele entope todo o planeta. Ele o perfura com suas raízes. E quando o planeta é bem pequeno e os baobás muito numerosos, eles o estouram.

«C'est une question de discipline, me disait plus tard le petit prince. Quand on a terminé sa toilette du matin, il faut faire soigneusement la toilette de la planète. Il faut s'astreindre régulièrement à arracher les baobabs dès qu'on les distingue d'avec les rosiers auxquels ils ressemblent beaucoup quand ils sont très jeunes. C'est un travail très ennuyeux, mais très facile.»

– É uma questão de disciplina – o pequeno príncipe me disse mais tarde. – Ao terminar sua higiene matinal, deve-se ocupar cuidadosamente da higiene do planeta. Os baobás devem ser arrancados regularmente assim que puderem ser distinguidos das roseiras, com as quais se parecem muito quando são jovens. É um trabalho muito chato, mas bem fácil.

Et un jour il me conseilla de m'appliquer à réussir un beau dessin, pour bien faire entrer ça dans la tête des enfants de chez moi. «S'ils voyagent un jour, me disait-il, ça pourra leur servir. Il est quelquefois sans inconvénient de remettre à plus tard son travail. Mais, s'il s'agit des baobabs, c'est toujours une catastrophe. J'ai connu une planète, habitée par un paresseux. Il avait négligé trois arbustes...»

Et, sur les indications du petit prince, j'ai dessiné cette planète-là. Je n'aime guère prendre le ton d'un moraliste. Mais le danger des baobabs est si peu connu, et les risques courus par celui qui s'égarerait dans un astéroïde sont si considérables, que, pour une fois, je fais exception à ma réserve. Je dis: «Enfants! Faites attention aux baobabs!» C'est pour avertir mes amis du danger... danger qu'ils frôlaient depuis longtemps, comme moi-même, sans le connaître, que j'ai tant travaillé ce dessin-là. La leçon que je donnais en valait la peine. Vous vous demanderez peut-être:

E um dia ele me aconselhou a fazer um belo desenho para colocar isso na cabeça das crianças de onde eu venho.

– Se elas viajarem um dia – ele me disse – isso pode ser útil para elas. Às vezes, não é inconveniente adiar o trabalho. Mas, se falamos dos baobás, será sempre um desastre. Eu conhecia um planeta, habitado por um preguiçoso. Ele negligenciou três arbustos...

E, seguindo as instruções do pequeno príncipe, desenhei esse planeta. Não gosto de assumir um tom moralista. Mas o perigo dos baobás é tão pouco conhecido, e os riscos corridos por qualquer um que se perca em um asteroide são tão consideráveis que, pela primeira vez, estou abrindo uma exceção à minha reserva. Eu digo: "Crianças! Cuidado com os baobás!". Trabalhei nesse desenho para alertar meus amigos que ignoravam, como eu, um perigo que os ameaçava há muito tempo. A lição dada por mim valeu a pena. Você pode se perguntar:

Pourquoi n'y a-t-il pas, dans ce livre, d'autres dessins aussi grandioses que le dessin des baobabs? La réponse est bien simple: J'ai essayé mais je n'ai pas pu réussir. Quand j'ai dessiné les baobabs j'ai été animé par le sentiment de l'urgence.

por que não há neste livro outros desenhos tão grandiosos quanto o desenho dos baobás? A resposta é bem simples: tentei, mas não consegui. Quando desenhei os baobás, fui movido por um senso de urgência.

VI

Ah! petit prince, j'ai compris, peu à peu, ainsi, ta petite vie mélancolique. Tu n'avais eu longtemps pour distraction que la douceur des couchers du soleil. J'ai appris ce détail nouveau, le quatrième jour au matin, quand tu m'as dit:

-J'aime bien les couchers de soleil. Allons voir un coucher de soleil...

-Mais il faut attendre...

-Attendre quoi?

-Attendre que le soleil se couche.

Tu as eu l'air très surpris d'abord, et puis tu as ri de toi-même. Et tu m'as dit:

-Je me crois toujours chez moi!

Ah! Pequeno príncipe, assim entendi, pouco a pouco, a sua vidinha melancólica. Por muito tempo você só teve como distração a doçura do pôr do sol. Aprendi esse novo detalhe na manhã do quarto dia, quando você me disse:

– Eu gosto muito do pôr do sol. Vamos ver um pôr do sol...

– Mas é preciso esperar...

– Esperar o quê?

– Esperar que o sol se ponha.

Você parecia muito surpreso no início, e depois riu de si mesmo. E me disse:

– Eu sempre acho que estou em casa!

En effet. Quand il est midi aux Etats-Unis, le soleil, tout le monde le sait, se couche sur la France. Il suffirait de pouvoir aller en France en une minute pour assister au coucher du soleil. Malheureusement la France est bien trop éloignée. Mais, sur ta si petite planète, il te suffisait de tirer ta chaise de quelques pas. Et tu regardais le crépuscule chaque fois que tu le désirais...

-Un jour, j'ai vu le soleil se coucher quarante-quatre fois!

Et un peu plus tard tu ajoutais:

-Tu sais...quand on est tellement triste on aime les couchers de soleil...

-Le jour des quarante-quatre fois tu étais donc tellement triste? Mais le petit prince ne répondit pas.

Realmente. Como todos sabem, quando é meio-dia nos Estados Unidos, o sol se põe na França. Bastaria poder ir à França em um minuto para testemunhar o pôr do sol. Infelizmente, a França está muito longe. Mas, em seu pequeno planeta, dar alguns passos com sua cadeira já era o suficiente. E você olhava para o crepúsculo sempre que queria...

– Um dia, vi o sol se pôr quarenta e quatro vezes!

E, um pouco mais tarde, acrescentou:

– Você sabe... Quando estamos muito tristes, amamos o pôr do sol...

– No dia das quarenta e quatro vezes você estava tão triste assim?

Mas o pequeno príncipe não respondeu.

VII

Le cinquième jour, toujours grâce au mouton, ce secret de la vie du petit prince me fut révélé. Il me demanda avec brusquerie, sans préambule, comme le fruit d'un problème longtemps médité en silence:

-Un mouton, s'il mange les arbustes, il mange aussi les fleurs?

-Un mouton mange tout ce qu'il rencontre.

-Même les fleurs qui ont des épines?

-Oui. Même les fleurs qui ont des épines.

-Alors les épines, à quoi servent-elles?

Je ne le savais pas. J'étais alors très occupé à essayer de dévisser un boulon trop serré de mon moteur. J'étais très soucieux car ma panne commençait de m'apparaître comme très grave, et l'eau à boire qui s'épuisait me faisait craindre le pire.

No quinto dia, novamente graças à ovelha, este segredo da vida do pequeno príncipe me foi revelado. Ele perguntou bruscamente, sem preâmbulo, como fruto de um problema há muito meditado em silêncio:

– Se uma ovelha come arbustos, ela também come flores?

– Uma ovelha come tudo que encontra.

– Mesmo flores com espinhos?

– Sim. Mesmo as flores com espinhos.

– Então para que servem os espinhos?

Eu não sabia. Estava muito ocupado com o meu motor, tentando tirar dele um parafuso que estava apertado demais. Eu fiquei muito preocupado porque a pane começou a parecer muito séria; a água para beber estava acabando e eu temia o pior.

-Les épines, à quoi servent-elles?

Le petit prince ne renonçait jamais à une question, une fois qu'il l'avait posée. J'étais irrité par mon boulon et je répondis n'importe quoi:

-Les épines, ça ne sert à rien, c'est de la pure méchanceté de la part des fleurs!

-Oh!

Mais après un silence il me lança, avec une sorte de rancune:

-Je ne te crois pas! Les fleurs sont faibles. Elles sont naïves. Elles se rassurent comme elles peuvent. Elles se croient terribles avec leurs épines...

Je ne répondis rien. A cet instant-là je me disais: «Si ce boulon résiste encore, je le ferai sauter d'un coup de marteau.» Le petit prince dérangea de nouveau mes réflexions:

-Et tu crois, toi, que les fleurs...

-Mais non! Mais non! Je ne crois rien! J'ai répondu n'importe quoi. Je m'occupe, moi, des choses sérieuses!

– Os espinhos, para que servem?

Uma vez feita, o pequeno príncipe nunca desistia de uma pergunta. Fiquei irritado com o meu parafuso e respondi qualquer bobagem:

– Os espinhos não servem para nada, são apenas maldade das plantas!

– Oh!

Mas, depois de um silêncio, ele disparou, com uma espécie de rancor:

– Eu não acredito em você! As flores são fracas. São ingênuas. Elas se protegem da melhor maneira possível. Pensam que são terríveis com seus espinhos...

Eu não respondi. Naquele momento, disse a mim mesmo: "Se este parafuso continuar resistindo, vou fazê-lo sair com uma martelada". O pequeno príncipe perturbou minhas reflexões outra vez.

– E você, você acha que as flores...

– Não acho! Não acho! Não acho nada! Respondi qualquer coisa aleatória. Estou ocupado com coisas sérias!

Il me regarda stupéfiait.

-De choses sérieuses!

Il me voyait, mon marteau à la main, et les doigts noirs de cambouis, penché sur un objet qui lui semblait très laid.

-Tu parles comme les grandes personnes!

Ça me fit un peu honte. Mais, impitoyable, il ajouta:

-Tu confonds tout...tu mélanges tout!

Il était vraiment très irrité. Il secouait au vent des cheveux tout dorés:

-Je connais une planète où il y a un Monsieur cramoisi. Il n'a jamais respiré une fleur. Il n'a jamais regardé une étoile. Il n'a jamais aimé personne. Il n'a jamais rien fait d'autre que des additions. Et toute la journée il répète comme toi: «Je suis un homme sérieux! Je suis un homme sérieux!» et ça le fait gonfler d'orgueil. Mais ce n'est pas un homme, c'est un champignon!

-Un quoi?

-Un champignon!

Ele me encarou estupefato.

– Coisas sérias!

Ele me olhava enquanto eu estava curvado sobre um objeto que lhe parecia muito feio. Eu continuava com o martelo na mão e os dedos pretos de graxa.

– Você fala como uma pessoa crescida!

Aqui fiquei com um pouco de vergonha. Mas ele, impiedoso, acrescentou:

– Você confunde tudo... mistura tudo!

Ele estava mesmo muito irritado. Balançava seus cabelos dourados ao vento:

– Eu conheço um planeta onde há um cavalheiro escarlate. Ele nunca cheirou uma flor. Ele nunca olhou para uma estrela. Ele nunca amou ninguém. Ele nunca fez nada além de somar. E durante todo o dia, ele repete como você: "Eu sou um homem sério! Eu sou um homem sério!" e isso faz seu orgulho inflar. Mas ele não é um homem, ele é um cogumelo!

– Um o quê?

– Um cogumelo.

Le petit prince était maintenant tout pâle de colère.

-Il y a des millions d'années que les fleurs fabriquent des épines. Il y a des millions d'années que les moutons mangent quand même les fleurs. Et ce n'est pas sérieux de chercher à comprendre pourquoi elles se donnent tant de mal pour se fabriquer des épines qui ne servent jamais à rien? Ce n'est pas important la guerre des moutons et des fleurs? Ce n'est pas plus sérieux et plus important que les additions d'un gros Monsieur rouge? Et si je connais, moi, une fleur unique au monde, qui n'existe nulle part, sauf dans ma planète, et qu'un petit mouton peut anéantir d'un seul coup, comme ça, un matin, sans se rendre compte de ce qu'il fait, ce n'est pas important ça!

Il rougit, puis reprit:

-Si quelqu'un aime une fleur qui n'existe qu'à un exemplaire dans les millions et les millions d'étoiles, ça suffit pour qu'il soit heureux quand il les regarde. Il se dit: «Ma fleur est là quelque part...» Mais si le mouton mange la fleur, c'est pour lui comme si,

O pequeno príncipe estava agora todo pálido de raiva.

– As flores fabricam espinhos há milhões de anos. Ainda assim, as ovelhas comem flores há milhões de anos. E não é sério tentar entender por que elas se dão ao trabalho de fazer espinhos que nunca são úteis? A guerra de ovelhas e flores não é importante? Não é mais sério e mais importante do que as contas de um grande cavalheiro escarlate? E se eu souber de uma flor que é única no mundo, que não existe em nenhum lugar, exceto no meu planeta, e que uma ovelhinha possa acabar com ela de uma só vez, assim, numa manhã, sem perceber o que está fazendo, isso não é importante!?

Ele corou, depois continuou:

– Se alguém ama uma flor de que existe apenas um exemplar entre milhões e milhões de estrelas, isso é o suficiente para fazê-lo feliz quando olha para elas. Ele diz a si mesmo: "Minha flor está em algum lugar...". Mas se a ovelha come a flor, para ele é como se,

brusquement, toutes les étoiles s'éteignaient! Et ce n'est pas important ça!

Il ne put rien dire de plus. Il éclata brusquement en sanglots. La nuit était tombée. J'avais lâché mes outils. Je me moquais bien de mon marteau, de mon boulon, de la soif et de la mort. Il y avait, sur une étoile, une planète, la mienne, la Terre, un petit prince à consoler! Je le pris dans les bras. Je le berçai. Je lui disais: «La fleur que tu aimes n'est pas en danger... Je lui dessinerai une muselière, à ton mouton...Je te dessinerai une armure pour ta fleur...Je...» Je ne savais pas trop quoi dire. Je me sentais très maladroit. Je ne savais comment l'atteindre, où le rejoindre...C'est tellement mystérieux, le pays des larmes!

de repente, todas as estrelas se apagassem! E isso não é importante!?

Não conseguiu dizer mais nada. Começou a chorar de repente. A noite havia caído. Eu tinha largado minhas ferramentas. Não me importava com meu martelo, com meu parafuso, com a sede e com a morte. Havia, em uma estrela, em um planeta, o meu, a Terra, um principezinho para consolar! Eu o peguei em meus braços. Eu o balancei. Eu disse a ele:

– A flor que você ama não está em perigo... Vou desenhar uma focinheira para ela, para sua ovelha... Vou desenhar uma armadura para sua flor... Eu...

Eu realmente não sabia mais o que dizer. Sentia uma estranheza... Não sabia como alcançá-lo, como me reconciliar... A terra das lágrimas é tão misteriosa!

VIII

J'appris bien vite à mieux connaître cette fleur. Il y avait toujours eu, sur la planète du petit prince, des fleurs très simples, ornées d'un seul rang de pétales, et qui ne tenaient point de place, et qui ne dérangeaient personne. Elles apparaissaient un matin dans l'herbe, et puis elles s'éteignaient le soir. Mais celle-là avait germé un jour, d'une graine apportée d'on ne sait où, et le petit prince avait surveillé de très près cette brindille qui ne ressemblait pas aux autres brindilles. Ça pouvait être un nouveau genre de baobab. Mais l'arbuste cessa vite de croître, et commença de préparer une fleur. Le petit prince, qui assistait à l'installation d'un bouton énorme, sentait bien qu'il en sortirait une apparition miraculeuse, mais la fleur n'en finissait pas de se préparer à être belle, à l'abri de sa chambre

Logo conheci melhor essa flor. Sempre houve, no planeta do pequeno príncipe, flores muito simples, adornadas com uma única fileira de pétalas, e que ocupavam pouco espaço, sem perturbar ninguém. Elas apareciam uma manhã na grama e depois morriam à noite. Mas essa brotou um dia, de uma semente trazida sabe-se lá de onde, e o pequeno príncipe observou muito de perto esse ramo que não se parecia com os outros ramos. Podia ser um novo tipo de baobá. Mas o arbusto logo parou de crescer e começou a formar uma flor. O pequeno príncipe, que estava assistindo ao surgimento de um enorme botão, sentiu que uma aparição milagrosa sairia dele, mas a flor ainda preparava sua beleza, no abrigo de sua sala verde. Ela escolheu suas cores com cuidado. Vestiu-se lentamente, ajustou as

verte. Elle choisissait avec soin ses couleurs. Elle s'habillait lentement, elle ajustait un à un ses pétales. Elle ne voulait pas sortir toute fripée comme les coquelicots. Elle ne voulait apparaître que dans le plein rayonnement de sa beauté. Eh! oui. Elle était très coquette! Sa toilette mystérieuse avait donc duré des jours et des jours. Et puis voici qu'un matin, justement à l'heure du lever du soleil, elle s'était montrée.

Et elle, qui avait travaillé avec tant de précision, dit en bâillant:

-Ah! je me réveille à peine... Je vous demande pardon...Je suis encore toute décoiffée...

Le petit prince, alors, ne put contenir son admiration:

-Que vous êtes belle!

pétalas uma a uma. Não queria sair toda enrugada como papoulas. Ela só queria aparecer em todo o brilho de sua beleza. Ah, sim. Ela era muito vaidosa! Sua preparação misteriosa, portanto, durou dias e dias. E eis que, em uma manhã, exatamente na hora do nascer do sol, ela se mostrou.

E ela, que havia trabalhado com tanta precisão, disse bocejando:

– Ah! Eu acabei de acordar... Peço desculpas... Ainda estou desgrenhada...

O pequeno príncipe, então, não pôde conter sua admiração:

– Como você é linda!

-N'est-ce pas, répondit doucement la fleur. Et je suis née en même temps que le soleil...

Le petit prince devina bien qu'elle n'était pas trop modeste, mais elle était si émouvante!

-C'est l'heure, je crois, du petit déjeuner, avait-elle bientôt ajouté, auriez-vous la bonté de penser à moi...

Et le petit prince, tout confus, ayant été chercher un arrosoir d'eau fraîche, avait servi la fleur.

Ainsi l'avait-elle bien vite tourmenté par sa vanité un peu ombrageuse. Un jour, par exemple, parlant de ses quatre épines, elle avait dit au petit prince:

-Ils peuvent venir, les tigres, avec leurs griffes!

– Sou mesmo, não sou? – respondeu a flor com doçura. – E nasci ao mesmo tempo que o sol...

O pequeno príncipe adivinhou que ela não era muito modesta, mas era tão comovente!

– É hora do café da manhã, eu acho – ela logo acrescentou. – Você faria a gentileza de pensar em mim...

E o pequeno príncipe, bastante confuso, foi buscar um regador com água fresca e serviu à flor.

Assim, ela rapidamente o atormentou com sua vaidade um tanto sombria. Um dia, por exemplo, falando de seus quatro espinhos, ela disse ao pequeno príncipe:

– Os tigres podem vir com suas garras!

-Il n'y a pas de tigres sur ma planète, avait objecté le petit prince, et puis les tigres ne mangent pas d'herbe.

-Je ne suis pas une herbe, avait doucement répondu la fleur.

-Pardonnez-moi...

-Je ne crains rien des tigres, mais j'ai horreur des courants d'air. Vous n'auriez pas un paravent?

«Horreur des courants d'air... ce n'est pas de chance, pour une plante, avait remarqué le petit prince. Cette fleur est bien compliquée...»

-Le soir vous me mettrez sous globe. Il fait très froid chez vous. C'est mal installé. Là d'ou je viens...

– Não há tigres no meu planeta – retrucou o pequeno príncipe. – E tigres não comem ervas.

– Eu não sou uma erva – respondeu a flor com suavidade.

– Me desculpa.

– Não tenho medo algum de tigres, mas tenho horror a correntes de ar. Você não teria um guarda-vento?

"Horror de correntes de ar... Que azar para uma planta", observou o pequeno príncipe. "Esta flor é muito complicada..."

– À noite você me colocará sob uma redoma de vidro. Faz muito frio em sua casa. Está mal instalada. De onde eu venho...

Mais elle s'était interrompue. Elle était venue sous forme de graine. Elle n'avait rien pu connaître des autres mondes. Humiliée de s'être laissé surprendre à préparer un mensonge aussi naïf, elle avait toussé deux ou trois fois, pour mettre le petit prince dans son tort:

–Ce paravent?...

–J'allais le chercher mais vous me parliez!

Alors elle avait forcé sa toux pour lui infliger quand même des remords.

Ainsi le petit prince, malgré la bonne volonté de son amour, avait vite douté d'elle. Il avait pris au sérieux des mots sans importance, et était devenu très malheureux.

«J'aurais dû ne pas l'écouter, me confia-t-il un jour, il ne faut jamais écouter les fleurs. Il faut les regarder et les respirer. La mienne embaumait ma planète, mais je ne savais pas m'en réjouir. Cette histoire de griffes, qui m'avait tellement agacé, eût dû m'attendrir...»

Mas de repente ela parou de falar. Tinha vindo na forma de uma semente. Não tivera chance de saber nada sobre os outros mundos. Humilhada por ter sido pega numa mentira tão ingênua, tossira duas ou três vezes para desviar a atenção do principezinho:

– O guarda-vento?...

– Eu ia procurá-lo, mas você ficou falando comigo.

Então, forçou sua tosse para que ele sentisse remorso.

Assim, o pequeno príncipe, apesar da boa vontade de seu amor, rapidamente duvidou dela. Ele levara a sério as palavras sem importância e ficara muito infeliz.

– Eu não deveria ter-lhe dado ouvidos – ele me confidenciou um dia. – Você nunca deve dar ouvidos a flores. Você deve olhar para elas e cheirá-las. A minha perfumava meu planeta, mas eu não sabia como me alegrar com ela. Essa história de garras, que tanto me irritou, deveria ter me comovido...

Il me confia encore:

«Je n'ai alors rien su comprendre! J'aurais dû la juger sur les actes et non sur les mots. Elle m'embaumait et m'éclairait. Je n'aurais jamais dû m'enfuir! J'aurais dû deviner sa tendresse derrière ses pauvres ruses. Les fleurs sont si contradictoires! Mais j'étais trop jeune pour savoir l'aimer.»

Ele me confidenciou:

– Eu não conseguia entender nada naquela época! Eu deveria tê-la julgado por seus atos e não por suas palavras. Ela me perfumava e me iluminava. Eu nunca deveria ter fugido! Eu deveria ter adivinhado a ternura por trás de suas tolas armações. As flores são tão contraditórias! Mas eu era muito jovem para saber a forma correta de amá-la.

IX

Je crois qu'il profita, pour son évasion, d'une migration d'oiseaux sauvages. Au matin du départ il mit sa planète bien en ordre. Il ramona soigneusement ses volcans en activité. Il possédait deux volcans en activité. Et c'était bien commode pour faire chauffer le petit déjeuner du matin. Il possédait aussi un volcan éteint. Mais, comme il disait, «On ne sait jamais!» Il ramona donc également le volcan éteint. S'ils sont bien ramonés, les volcans brûlent doucement et régulièrement, sans éruptions.

Acredito que ele se aproveitou de uma migração de pássaros selvagens para escapar. Na manhã da partida, ele colocou seu planeta em ordem. Varreu cuidadosamente seus vulcões ativos. Tinha dois vulcões ativos. E eram muito convenientem para aquecer o café da manhã. Ele também tinha um vulcão extinto. Mas, como ele disse: "A gente nunca sabe!" Então ele também varreu o vulcão extinto. Se forem bem varridos, os vulcões queimam suave e regularmente, sem erupções.

Les éruptions volcaniques sont comme des feux de cheminée. Evidemment sur notre terre nous sommes beaucoup trop petits pour ramoner nos volcans. C'est pourquoi ils nous causent des tas d'ennuis.

As erupções vulcânicas são como incêndios em chaminés. Obviamente, em nossa terra, somos pequenos demais para varrer nossos vulcões. É por isso que eles nos causam tantos problemas.

Le petit prince arracha aussi, avec un peu de mélancolie, les dernières pousses de baobabs. Il croyait ne jamais devoir revenir. Mais tout ces travaux familiers lui parurent, ce matin-là, extrêmement doux. Et, quand il arrosa une dernière fois la fleur, et se prépara à la mettre à l'abri sous son globe, il se découvrit l'envie de pleurer.

-Adieu, dit-il à la fleur.

Mais elle ne lui répondit pas.

-Adieu, répéta-t-il.

La fleur toussa. Mais ce n'était pas à cause de son rhume.

-J'ai été sotte, lui dit-elle enfin. Je te demande pardon. Tâche d'être heureux.

Il fut surpris par l'absence de reproches. Il restait là tout déconcentré, le globe en l'air. Il ne comprenait pas cette douceur calme.

-Mais oui, je t'aime, lui dit la fleur. Tu n'en a rien su, par ma faute. Cela n'a aucune importance. Mais tu as été aussi sot que moi. Tâche d'être heureux...Laisse ce globe tranquille. Je n'en veux plus.

O pequeno príncipe também arrancou, com um pouco de melancolia, os últimos brotos de baobás. Ele acreditava que não deveria voltar nunca mais. Mas, naquela manhã, todas essas tarefas familiares lhe pareceram extremamente agradáveis. E quando ele regou a flor pela última vez e se preparou para abrigá-la sob sua redoma de vidro, ele descobriu que estava prestes a chorar.

– Adeus – ele disse à flor.

Mas ela não lhe respondeu.

– Adeus – repetiu ele.

A flor tossiu. Mas não foi por causa de seu resfriado.

– Fui tola – a flor disse a ele por fim. – Peço perdão. Tente ser feliz.

Ele ficou surpreso com a falta de censuras. Permaneceu lá completamente desfocado, com a redoma de vidro no ar. Não entendia essa delicadeza.

– É claro que eu amo você – disse-lhe a flor. – Você não sabia nada sobre isso por minha culpa. Não importa. Mas você foi tão tolo quanto eu. Tente ser feliz... Deixe esta redoma em paz. Eu não a quero mais.

-Mais le vent...

-Je ne suis pas si enrhumée que ça...L'air frais de la nuit me fera du bien. Je suis une fleur.

-Mais les bêtes...

-Il faut bien que je supporte deux ou trois chenilles si je veux connaître les papillons. Il paraît que c'est tellement beau. Sinon qui me rendra visite? Tu seras loin, toi. Quant aux grosses bêtes, je ne crains rien. J'ai mes griffes.

Et elle montrait naïvement ses quatre épines. Puis elle ajouta:

-Ne traîne pas comme ça, c'est agaçant. Tu as décidé de partir. Va-t'en.

Car elle ne voulait pas qu'il la vît pleurer. C'était une fleur tellement orgueilleuse...

– Mas o vento...

– Eu não estou resfriada... O ar fresco da noite vai me fazer bem. Eu sou uma flor.

– Mas as feras...

– Devo aturar duas ou três lagartas se quiser conhecer as borboletas. Parece que são tão bonitas. Se não, quem vai me visitar? Você estará longe. Quanto aos animais grandes, não tenho medo de nada. Eu tenho minhas garras.

E ela mostrou-lhe inocentemente seus quatro espinhos. Depois, acrescentou:

– Não fique assim, é irritante. Você decidiu partir. Vai.

Pois ela não queria que ele a visse chorar. Era uma flor tão orgulhosa...

X

Il se trouvait dans la région des astéroïdes 325, 326, 327, 328, 329 et 330. Il commença donc par les visiter pour y chercher une occupation et pour s'instruire.

La première était habitée par un roi. Le roi siégeait, habillé de pourpre et d'hermine, sur un trône très simple et cependant majestueux.

-Ah! Voilà un sujet, s'écria le roi quand il aperçut le petit prince.

Et le petit prince se demanda:

-Comment peut-il me reconnaître puisqu'il ne m'a encore jamais vu!

Il ne savait pas que, pour les rois, le monde est très simplifié. Tous les hommes sont des sujets.

-Approche-toi que je te voie mieux, lui dit le roi qui était tout fier d'être enfin roi pour quelqu'un.

Ele estava na região dos asteroides 325, 326, 327, 328, 329 e 330. Então, ele começou a visitá-los para buscar uma ocupação e para se educar.

O primeiro era habitado por um rei. O rei sentava-se, vestido de púrpura e arminho, em um trono muito simples e, ao mesmo tempo, majestoso.

– Ah! Eis um súdito – gritou o rei, quando viu o pequeno príncipe.

E o pequeno príncipe se perguntou:

– Como ele pode me reconhecer se nunca me viu antes?

Ele não sabia que, para os reis, o mundo é muito simples. Todos os homens são súditos.

– Aproxime-se, para que eu possa vê-lo melhor – disse o rei, muito orgulhoso de finalmente ser rei para alguém.

Le petit prince chercha des yeux où s'asseoir, mais la planète était toute encombrée par le magnifique manteau d'hermine. Il resta donc debout, et, comme il était fatigué, il bâilla.

-Il est contraire à l'étiquette de bâiller en présence d'un roi, lui dit le monarque. Je te l'interdis.

-Je ne peux pas m'en empêcher, répondit le petit prince tout confus. J'ai fait un long voyage et je n'ai pas dormi...

O pequeno príncipe procurou um lugar para se sentar, mas o planeta estava todo coberto do manto magnífico de arminho. Portanto, ele permaneceu de pé e, como estava cansado, bocejou.

– É contra qualquer etiqueta bocejar na presença de um rei – disse o monarca. – Eu o proíbo.

– Não posso evitar – respondeu o pequeno príncipe, bastante confuso. – Fiz uma longa viagem e não dormi...

-Alors, lui dit le roi, je t'ordonne de bâiller. Je n'ai vu personne bâiller depuis des années. Les bâillements sont pour moi des curiosités. Allons! bâille encore. C'est un ordre.

-Ça m'intimide...je ne peux plus...fit le petit prince tout rougissant.

-Hum! Hum! répondit le roi. Alors je...je t'ordonne tantôt de bâiller et tantôt de...

Il bredouillait un peu et paraissait vexé.

Car le roi tenait essentiellement à ce que son autorité fût respectée. Il ne tolérait pas la désobéissance. C'était un monarque absolu. Mais, comme il était très bon, il donnait des ordres raisonnables.

«Si j'ordonnais, disait-il couramment, si j'ordonnais à un général de se changer en oiseau de mer, et si le général n'obéissait pas, ce ne serait pas la faute du général. Ce serait ma faute.»

-Puis-je m'asseoir? s'enquit timidement le petit prince.

-Je t'ordonne de t'asseoir, lui répondit le roi, qui ramena

– Então – disse-lhe o rei – eu ordeno que você boceje. Não vejo ninguém bocejar há anos. Os bocejos são curiosos para mim. Vamos! Boceje novamente. Isso é uma ordem.

– Isso me deixa intimidado... Não consigo mais... – disse o pequeno príncipe, corando.

– Hum! Hum! – respondeu o rei. – Então eu... Eu ordeno que você ora boceje e ora...

Ele gaguejou um pouco e pareceu ofendido.

Pois o rei estava essencialmente ansioso para que sua autoridade fosse respeitada. Ele não tolerava a desobediência. Era um monarca absoluto. Mas, como era muito bom, dava ordens razoáveis.

"Se eu ordenasse", dizia ele constantemente, "se eu ordenasse a um general que se transformasse em uma ave marinha, e se o general não obedecesse, não seria culpa do general. Seria minha culpa."

– Posso sentar? – o pequeno príncipe perguntou com timidez.

– Eu ordeno que você se sente – respondeu o rei, que

majestueusement un pan de son manteau d'hermine.

Mais le petit prince s'étonnait. La planète était minuscule. Sur quoi le roi pouvait-il bien régner?

-Sire, lui dit-il...je vous demande pardon de vous interroger...

-Je t'ordonne de m'interroger, se hâta de dire le roi.

-Sire...sur quoi régnez-vous?

-Sur tout, répondit le roi, avec une grande simplicité.

-Sur tout?

Le roi d'un geste discret désigna sa planète, les autres planètes et les étoiles.

-Sur tout ça? dit le petit prince.

-Sur tout ça...répondit le roi.

Car non seulement c'était un monarque absolu mais c'était un monarque universel.

-Et les étoiles vous obéissent?

-Bien sûr, lui dit le roi. Elles obéissent aussitôt. Je ne tolère pas l'indiscipline.

Un tel pouvoir émerveilla le petit prince. S'il l'avait détenu lui-même, il aurait pu assister, non pas à quarante-quatre, mais à soixante-douze,

majestosamente puxou um pedaço de seu manto de arminho.

Mas o pequeno príncipe ficou surpreso. O planeta era minúsculo. Sobre o que o rei poderia reinar?

– Majestade – ele lhe disse. – Peço desculpas por interrogá-lo...

– Eu ordeno que você me interrogue – o rei apressou-se a dizer.

– Majestade... O que o senhor governa?

– Tudo – respondeu o rei, com grande simplicidade.

– Tudo?

O rei, com um gesto discreto, apontou para seu planeta, para os outros planetas e para as estrelas.

– Tudo isso? – disse o pequeno príncipe.

– Tudo isso... – respondeu o rei.

Pois ele não era apenas um monarca absoluto, mas um monarca universal.

– E as estrelas lhe obedecem?

– Claro – disse o rei. – Elas obedecem com prontidão. Eu não tolero indiscipline.

Tamanho poder surpreendeu o pequeno príncipe. Se ele mesmo o tivesse, poderia assistir não a quarenta e quatro, mas a setenta e

ou même à cent, ou même à deux cents couchers de soleil dans la même journée, sans avoir jamais à tirer sa chaise! Et comme il se sentait un peu triste à cause du souvenir de sa petite planète abandonnée, il s'enhardit à solliciter une grâce du roi:

-Je voudrais voir un coucher de soleil...Faites-moi plaisir... Ordonnez au soleil de se coucher...

-Si j'ordonnais à un général de voler d'une fleur à l'autre à la façon d'un papillon, ou d'écrire une tragédie, ou de se changer en oiseau de mer, et si le général n'exécutait pas l'ordre reçu, qui, de lui ou de moi, serait dans son tort?

-Ce serait vous, dit fermement le petit prince.

-Exact. Il faut exiger de chacun ce que chacun peut donner, reprit le roi. L'autorité repose d'abord sur la raison. Si tu ordonnes à ton peuple d'aller se jeter à la mer, il fera la révolution. J'ai le droit d'exiger l'obéissance parce que mes ordres sont raisonnables.

dois, ou mesmo a cem, ou mesmo a duzentos pores do sol no mesmo dia, sem nunca ter que puxar a cadeira! E como se sentia um pouco triste por causa da lembrança de seu pequeno planeta abandonado, ousou pedir um favor ao rei:

– Eu gostaria de ver um pôr do sol... Atenda ao meu pedido... Ordene que o sol se ponha...

– Se eu ordenasse a um general que voasse de uma flor para outra como uma borboleta, ou escrevesse uma tragédia, ou se transformasse em uma ave marinha, e se o general não cumprisse a ordem recebida, quem estaria errado, ele ou eu?

– O senhor – disse firmemente o pequeno príncipe.

– Correto. Devemos exigir de cada um o que cada um pode dar – respondeu o rei. – A autoridade repousa antes de tudo na razão. Se você ordenar que seu povo vá e se jogue no mar, eles farão uma rebelião. Tenho o direito de exigir obediência porque minhas ordens são razoáveis.

-Alors mon coucher de soleil? rappela le petit prince qui jamais n'oubliait une question une fois qu'il l'avait posée.

-Ton coucher de soleil, tu l'auras. Je l'exigerai. Mais j'attendrai, dans ma science du gouvernement, que les conditions soient favorables.

-Quand ça sera-t-il? s'informa le petit prince.

-Hem! hem! lui répondit le roi, qui consulta d'abord un gros calendrier, hem! hem! ce sera, vers...vers...ce sera ce soir vers sept heures quarante! Et tu verras comme je suis bien obéi.

Le petit prince bâilla. Il regrettait son coucher de soleil manqué. Et puis il s'ennuyait déjà un peu:

-Je n'ai plus rien à faire ici, dit-il au roi. Je vais repartir!

-Ne pars pas, répondit le roi qui était si fier d'avoir un sujet. Ne pars pas, je te fais ministre!

-Ministre de quoi?

-De...de la justice!

– E meu pôr do sol? – lembrou o pequeno príncipe, que nunca se esquecia de uma pergunta depois de fazê-la.

– Seu pôr do sol, você o terá. Vou exigi-lo. Mas vou esperar, em minha sabedoria de governante, até que as condições sejam favoráveis.

– Quando será isso? – indagou o pequeno príncipe.

– Hmm! Hmm! – respondeu o rei, que primeiro consultava um grande calendário. – Hmm! Hmm! Será para... para... Será esta noite por volta das sete e quarenta! E você verá como me obedecem bem.

O pequeno príncipe bocejou. Ele lamentava a falta do seu pôr do sol. E já estava um pouco entediado:

– Não tenho mais nada para fazer aqui – disse ele ao rei. – Eu vou partir de novo!

– Não vá – respondeu o rei, que estava muito orgulhoso de ter um súdito. – Não vá, eu vou fazê-lo se tornar um ministro!

– Ministro de quê?

– De... de justiça!

-Mais il n'y a personne à juger!

-On ne sait pas, lui dit le roi. Je n'ai pas fait encore le tour de mon royaume. Je suis très vieux, je n'ai pas de place pour un carrosse, et ça me fatigue de marcher.

-Oh! Mais j'ai déjà vu, dit le petit prince qui se pencha pour jeter encore un coup d'oeil sur l'autre côté de la planète. Il n'y a personne là-bas non plus...

-Tu te jugeras donc toi-même, lui répondit le roi. C'est le plus difficile. Il est bien plus difficile de se juger soi-même que de juger autrui. Si tu réussis à bien te juger, c'est que tu es un véritable sage.

-Moi, dit le petit prince, je puis me juger moi-même n'importe où. Je n'ai pas besoin d'habiter ici.

-Hem! Hem! dit le roi, je crois bien que sur ma planète il y a quelque part un vieux rat. Je l'entends la nuit. Tu pourras juger ce vieux rat. Tu le condamneras à mort de temps en temps. Ainsi sa vie dépendra de ta justice. Mais tu le gracieras chaque fois pour économiser. Il n'y en a qu'un.

– Mas não há ninguém para julgar!

– Nunca se sabe – disse o rei. – Eu ainda não dei a volta no meu reino. Estou muito velho, não tenho espaço para uma carruagem e andar me deixa cansado.

– Ah! Mas eu já vi – disse o pequeno príncipe, inclinando-se para olhar para o outro lado do planeta. – Também não há ninguém lá...

– Você vai julgar a si mesmo, então – respondeu o rei. – Isso é o mais difícil. É muito mais difícil julgar a si mesmo do que julgar os outros. Se você consegue se julgar bem, é porque você é um verdadeiro sábio.

– Mas eu posso me julgar em qualquer lugar. Eu não preciso morar aqui – disse o pequeno príncipe.

– Hmm! Hmm! – disse o rei – Acredito que haja um rato velho em algum lugar do meu planeta. Eu o escuto à noite. Você pode julgar esse velho rato. Você o condenará à morte de tempos em tempos. Assim, a vida dele dependerá da sua justiça. Mas você vai perdoá-lo todas as vezes para poupá-lo. Existe apenas um.

-Moi, répondit le petit prince, je n'aime pas condamner à mort, et je crois bien que je m'en vais.

-Non, dit le roi.

Mais le petit prince, ayant achevé ses préparatifs, ne voulut point peiner le vieux monarque:

-Si votre Majesté désirait être obéie ponctuellement, elle pourrait me donner un ordre raisonnable. Elle pourrait m'ordonner, par exemple, de partir avant une minute. Il me semble que les conditions sont favorables...

Le roi n'ayant rien répondu, le petit prince hésita d'abord, puis, avec un soupir, pris le départ.

-Je te fais mon ambassadeur, se hâta alors de crier le roi.

Il avait un grand air d'autorité.

Les grandes personnes sont bien étranges, se dit le petit prince, en lui-même, durant son voyage.

– Da minha parte – respondeu o pequeno príncipe – não gosto de condenar à morte e acho que vou embora.

– Não – disse o rei.

Depois de completar seus preparativos, o pequeno príncipe não queria incomodar o velho monarca.

– Se Vossa Majestade desejasse ser obedecido pontualmente, poderia me dar uma ordem razoável. Poderia me ordenar, por exemplo, que eu saísse dentro de um minuto. Parece-me que as condições são favoráveis...

O rei não respondeu, o pequeno príncipe hesitou a princípio e, em seguida, com um suspiro, partiu.

– Eu o tornarei meu embaixador – o rei se apressou a gritar.

Ele tinha um grande ar de autoridade.

– As pessoas crescidas são bem estranhas – disse a si mesmo o pequeno príncipe, ao longo de sua viagem.

XI

La seconde planète était habitée par un vaniteux:

-Ah! Ah! Voilà la visite d'un admirateur! s'écria de loin le vaniteux dès qu'il aperçut le petit prince.

Car, pour les vaniteux, les autres hommes sont des admirateurs.

-Bonjour, dit le petit prince. Vous avez un drôle de chapeau.

-C'est pour saluer, lui répondit le vaniteux. C'est pour saluer quand on m'acclame. Malheureusement il ne passe jamais personne par ici.

-Ah oui? dit le petit prince qui ne comprit pas.

-Frappe tes mains l'une contre l'autre, conseilla donc le vaniteux.

Le petit prince frappa ses mains l'une contre l'autre. Le vaniteux salua modestement en soulevant son chapeau.

O segundo planeta era habitado por um vaidoso:

– Ah! Ah!Vejam só, um admirador me visita! – gritou o vaidoso de longe, assim que avistou o pequeno príncipe.

Pois, para os vaidosos, os outros homens são admiradores.

– Bom dia – disse o pequeno príncipe. – Você tem um chapéu engraçado.

– É para saudar – respondeu o vaidoso. – É para cumprimentar quando sou aplaudido. Infelizmente, ninguém nunca passa por aqui.

– Ah, é? – disse o pequeno príncipe sem entender.

– Bata suas mãos, uma contra a outra – aconselhou o vaidoso.

O pequeno príncipe bateu suas mãos, uma contra a outra. O vaidoso curvou-se com modéstia, levantando o chapéu.

-Ça c'est plus amusant que la visite du roi, se dit en lui-même le petit prince. Et il recommença de frapper ses mains l'une contre l'autre. Le vaniteux recommença de saluer en soulevant son chapeau.

Après cinq minutes d'exercice le petit prince se fatigua de la monotonie du jeu:

-Et, pour que le chapeau tombe, demanda-t-il, que faut-il faire?

Mais le vaniteux ne l'entendit pas. Les vaniteux n'entendent jamais que les louanges.

-Est-ce que tu m'admires vraiment beaucoup? demanda-t-il au petit prince.

-Qu'est-ce que signifie admirer?

-Admirer signifie reconnaître que je suis l'homme le plus beau, le mieux habillé, le plus riche et le plus intelligent de la planète.

-Mais tu es seul sur ta planète!

-Fais-moi ce plaisir. Admire-moi quand-même!

-Je t'admire, dit le petit prince, en haussant un peu les épaules,

– Isso é mais divertido do que a visita do rei – disse o pequeno príncipe para si mesmo. E ele voltou a bater uma das mãos contra a outra. O vaidoso começou a se curvar novamente, levantando o chapéu.

Após cinco minutos de atividade, o pequeno príncipe se cansou da monotonia do jogo.

– E o que deve ser feito para que o chapéu caia? – perguntou ele. Mas o vaidoso não o escutou. Os vaidosos nunca escutam nada além de elogios.

– Você realmente me admira muito? – ele perguntou ao pequeno príncipe.

– O que significa admirar?

– Admiração significa reconhecer que sou o homem mais bonito, mais bem vestido, mais rico e mais inteligente do planeta.

– Mas você está sozinho em seu planeta!

– Dê esse prazer para mim. Admire-me de qualquer forma!

– Eu admiro você – disse o pequeno príncipe, encolhendo os ombros um pouco –, mas de que te serve isso?

mais en quoi cela peut-il bien t'intéresser?

Et le petit prince s'en fut.

Les grandes personnes sont décidément bien bizarres, se dit-il simplement en lui-même durant son voyage.

E o principezinho foi embora.

"As pessoas crescidas são realmente muito estranhas", ele simplesmente disse a si mesmo durante sua jornada.

XII

La planète suivante était habitée par un buveur. Cette visite fut très courte mais elle plongea le petit prince dans une grande mélancolie:

-Que fais-tu là? dit-il au buveur, qu'il trouva installé en silence devant une collection de bouteilles vides et une collection de bouteilles pleines.

-Je bois, répondit le buveur, d'un air lugubre.

-Pourquoi bois-tu? lui demanda le petit prince.

O planeta seguinte era habitado por um bêbado. Essa visita foi muito curta, mas fez com que o pequeno príncipe mergulhasse em grande melancolia:

– O que você está fazendo aí? – ele disse ao bêbado, que encontrou sentado em silêncio diante de uma coleção de garrafas vazias e uma coleção de garrafas cheias.

– Eu estou bebendo – respondeu o homem, com um ar lúgubre.

– Por que você bebe? – perguntou o pequeno príncipe.

-Pour oublier, répondit le buveur.

-Pour oublier quoi? s'enquit le petit prince qui déjà le plaignait.

-Pour oublier que j'ai honte, avoua le buveur en baissant la tête.

-Honte de quoi? s'informa le petit prince qui désirait le secourir.

-Honte de boire! acheva le buveur qui s'enferma définitivement dans le silence.

Et le petit prince s'en fut, perplexe.

Les grandes personnes sont décidément très très bizarres, se disait-il en lui-même durant le voyage.

– Para esquecer – respondeu o bêbado.

– Para esquecer o quê? – perguntou o pequeno príncipe, que já estava com pena dele.

– Esquecer que tenho vergonha – confessou o beberrão, inclinando a cabeça.

– Vergonha de quê? – perguntou o pequeno príncipe, que desejava ajudá-lo.

– Vergonha de beber! – concluiu o bêbado, que se fechou em silêncio para sempre.

E o principezinho foi embora, perplexo.

As pessoas crescidas são decididamente muito, muito estranhas, dizia para si mesmo o pequeno príncipe durante sua viagem.

XIII

La quatrième planète était celle du businessman. Cet homme était si occupé qu'il ne leva même pas la tête à l'arrivée du petit prince.

-Bonjour, lui dit celui-ci. Votre cigarette est éteinte.

-Trois et deux font cinq. Cinq et sept douze. Douze et trois quinze. Bonjour. Quinze et sept vingt-deux. Vingt-deux et six vingt-huit. Pas de temps de la rallumer. Vingt-six et cinq trente et un. Ouf! Ça fait donc cinq cent un millions six cent vingt-deux mille sept cent trente et un.

O quarto planeta era o do homem de negócios. Este homem estava tão ocupado que nem olhou para cima quando o pequeno príncipe chegou.

– Bom dia – disse. – Seu cigarro apagou.

– Três e dois são cinco. Cinco e sete, doze. Doze e três, quinze. Olá. Quinze e sete, vinte e dois. Vinte e dois e seis, vinte e oito. Não há tempo para acendê-lo novamente. Vinte e seis e cinco, trinta e um. Ufa! Então são quinhentos e um milhões, seiscentos e vinte e dois mil, setecentos e trinta e uma.

– Quinhentos milhões de quê?

– Hein? Você ainda está aqui? Quinhentos e um milhões... Eu não sei mais... Eu tenho tanto trabalho! Estou falando sério, não me divirto com bobagens! Dois e cinco, sete...

– Quinhentos milhões de quê? – repetiu o pequeno príncipe, que nunca em sua vida desistiu de uma pergunta depois de fazê-la.

O homem de negócios ergueu a cabeça:

– Nos cinquenta e quatro anos em que vivo neste planeta, só me perturbaram três vezes. A primeira vez foi há vinte e dois anos, por um galo que havia caído Deus sabe de onde. Ele fazia um barulho terrível, e eu cometi quatro erros em uma adição. A segunda vez foi há onze anos quanto tive uma crise de reumatismo. Faltava-me exercício. Não tenho tempo para passear. Estou falando sério. A terceira vez... é esta aqui! Eu estava dizendo: quinhentos e um milhões...

– Milhões de quê?

O homem de negócios entendeu que não havia esperança de paz:

-Millions de ces petites choses que l'on voit quelquefois dans le ciel.

-Des mouches?

-Mais non, des petites choses qui brillent.

-Des abeilles?

-Mais non. Des petites choses dorées qui font rêvasser les fainéants. Mais je suis sérieux, moi! Je n'ai pas le temps de rêvasser.

-Ah! des étoiles?

-C'est bien ça. Des étoiles.

-Et que fais-tu des cinq cent millions d'étoiles?

-Cinq cent un millions six cent vingt-deux mille sept cent trente et un. Je suis un homme sérieux, moi, je suis précis.

-Et que fais-tu de ces étoiles?

-Ce que j'en fais?

-Oui.

-Rien. Je les possède.

-Tu possèdes les étoiles?

-Oui.

-Mais j'ai déjà vu un roi qui...

-Les rois ne possèdent pas. Ils «règnent» sur. C'est très différent.

– Milhões dessas coisinhas que às vezes vemos no céu.

– Moscas?

– Não, pequenas coisas que brilham.

– Abelhas?

– Claro que não. Pequenas coisas douradas que fazem as pessoas desocupadas sonharem acordadas. Mas estou falando sério! Eu não tenho tempo para sonhar acordado.

– Ah! Estrelas?

– Isso mesmo. Estrelas.

– E o que você faz com os quinhentos milhões de estrelas?

– Quinhentos e um milhões, seiscentos e vinte e dois mil, setecentos e trinta e uma. Sou um homem sério, sou preciso.

– E o que você faz com essas estrelas?

– O que eu faço com elas?

– Sim.

– Nada. Eu as possuo.

– Você é o dono das estrelas?

– Sim.

– Mas eu já vi um rei que...

– Os reis não possuem. Eles "reinam". É muito diferente.

-Et à quoi cela te sert-il de posséder les étoiles?

-Ça me sert à être riche.

-Et à quoi cela te sert-il d'être riche?

-A acheter d'autres étoiles, si quelqu'un en trouve.

Celui-là, se dit en lui-même le petit prince, il raisonne un peu comme mon ivrogne.

Cependant il posa encore des questions:

-Comment peut-on posséder les étoiles?

-A qui sont-elles? riposta, grincheux, le businessman.

-Je ne sais pas. A personne.

-Alors elles sont à moi, car j'y ai pensé le premier.

-Ça suffit?

-Bien sûr. Quand tu trouves un diamant qui n'est à personne, il est à toi. Quand tu trouves une île qui n'est à personne, elle est à toi. Quand tu as une idée le premier, tu la fais breveter: elle est à toi. Et moi je possède les étoiles, puisque jamais personne avant moi n'a songé à les posséder.

– E para que serve possuir as estrelas?

– Para ser rico.

– E ser rico serve para quê?

– Para comprar mais estrelas, se alguém puder encontrar alguma.

"Esse aí raciocina um pouco como o bêbado", disse o pequeno príncipe para si mesmo.

No entanto, ele fez mais perguntas:

– Como alguém pode possuir as estrelas?

– A quem elas pertencem? – respondeu o homem de negócios, mal-humorado.

– Não sei. A ninguém.

– Então elas pertencem a mim, pois pensei nisso primeiro.

– Isso basta?

– É claro. Quando você encontra um diamante que não pertence a ninguém, ele é seu. Quando você encontra uma ilha que não pertence a ninguém, ela pertence a você. Quando você tem uma ideia primeiro, você registra essa ideia: ela é sua. E eu possuo as estrelas, já que ninguém antes de mim jamais pensou em possuí-las.

-Ça c'est vrai, dit le petit prince. Et qu'en fais-tu?

-Je les gère. Je les compte et je les recompte, dit le business-man. C'est difficile. Mais je suis un homme sérieux!

Le petit prince n'était pas satisfait encore.

-Moi, si je possède un foulard, je puis le mettre autour de mon cou et l'emporter. Moi, si je possède une fleur, je puis cueillir ma fleur et l'emporter. Mais tu ne peux pas cueillir les étoiles!

-Non, mais je puis les placer en banque.

-Qu'est-ce que ça veut dire?

-Ça veut dire que j'écris sur un petit papier le nombre de mes étoiles. Et puis j'enferme à clef ce papier-là dans un tiroir.

-Et c'est tout?

-Ça suffit!

C'est amusant, pensa le petit prince. C'est assez poétique. Mais ce n'est pas très sérieux.

Le petit prince avait sur les choses sérieuses des idées très différentes des idées des grandes personnes.

– Isso é verdade – disse o pequeno príncipe. – E o que você faz com elas?

– Eu as gerencio. Eu as conto e conto novamente – disse o homem de negócios. – É difícil. Mas eu sou um homem sério!

O pequeno príncipe ainda não estava satisfeito.

– Se eu tiver um lenço, posso colocá-lo no pescoço e tirá-lo. Se eu tiver uma flor, posso colhê-la e levá-la embora. Mas você não pode colher as estrelas!

– Não, mas posso colocá-las no banco.

– O que isso significa?

– Isso significa que eu escrevo, em um pequeno pedaço de papel, quantas estrelas eu tenho. E então eu tranco esse papel em uma gaveta.

– E isso é tudo?

– Isso é o suficiente!

"É engraçado", pensou o pequeno príncipe. "É bastante poético. Mas não é muito sério."

O pequeno príncipe tinha ideias sobre coisas sérias muito diferentes das ideias das pessoas crescidas.

-Moi, dit-il encore, je possède une fleur que j'arrose tous les jours. Je possède trois volcans que je ramone toutes les semaines. Car je ramone aussi celui qui est éteint. On ne sait jamais. C'est utile à mes volcans, et c'est utile à ma fleur, que je les possède. Mais tu n'est pas utile aux étoiles...

Le businessman ouvrit la bouche mais ne trouva rien à répondre, et le petit prince s'en fut.

Les grandes personnes sont décidément tout à fait extraordinaires, se disait-il simplement en lui-même durant le voyage.

– Eu – continuou dizendo – tenho uma flor que rego todos os dias. Eu possuo três vulcões que varro toda semana. Porque eu também varro um deles que está inativo. Nunca se sabe. É útil para meus vulcões, e é útil para minha flor, que eu os possua. Mas você não é útil para as estrelas...

O homem de negócios abriu a boca, mas não conseguiu encontrar nada para responder, e o pequeno príncipe partiu.

"Decididamente, as pessoas crescidas são extraordinárias", ele simplesmente disse a si mesmo durante sua viagem.

XIV

La cinquième planète était très curieuse. C'était la plus petite de toutes. Il y avait là juste assez de place pour loger un réverbère et un allumeur de réverbères. Le petit prince ne parvenait pas à s'expliquer à quoi pouvaient servir, quelque part dans le ciel, sur une planète sans maison, ni population, un réverbère et un allumeur de réverbères. Cependant il se dit en lui-même:

– Peut-être bien que cet homme est absurde. Cependant il est moins absurde que le roi, que le vaniteux, que le business-man et que le buveur. Au moins son travail a-t-il un sens. Quand il allume son réverbère, c'est comme s'il faisait naître une étoile de plus, ou une fleur. Quand il éteint son réverbère ça endort la fleur ou l'étoile. C'est une occupation très jolie. C'est véritablement utile puisque c'est joli.

O quinto planeta era muito curioso. Era o menor de todos. Havia espaço suficiente para acomodar um lampião e um acendedor de lampiões. O pequeno príncipe não conseguia entender a utilidade de um poste de luz e de um acendedor de lampiões, em algum lugar no céu, em um planeta sem casa ou população. No entanto, ele disse a si mesmo:

– Talvez esse homem seja irracional. No entanto, ele é menos irracional do que o rei, do que o vaidoso, do que o homem de negócios e do que o bêbado. Pelo menos seu trabalho tem um significado: quando ele acende seu poste de luz, é como se estivesse dando à luz outra estrela ou uma flor. Quando ele desliga o poste de luz, ele coloca a flor ou a estrela para dormir. É uma ocupação muito bonita. E, por ser bonita, é muito útil.

Lorsqu'il aborda la planète il salua respectueusement l'allumeur:

-Bonjour. Pourquoi viens-tu d'éteindre ton réverbère?

-C'est la consigne, répondit l'allumeur. Bonjour.

-Qu'est-ce que la consigne?

-C'est d'éteindre mon réverbère. Bonsoir.

Et il le ralluma.

-Mais pourquoi viens-tu de rallumer?

-C'est la consigne, répondit l'allumeur.

-Je ne comprends pas, dit le petit prince.

Quando ele se aproximou do planeta, respeitosamente cumprimentou o acendedor:

– Bom dia. Por que você acabou de desligar seu lampião?

– Essa é a ordem – respondeu o acendedor. – Bom dia.

– Qual é a ordem?

– Desligar meu lampião. Boa noite.

E ele o reacendeu.

– Mas por que você acabou de acendê-lo novamente?

– Essa é a ordem – respondeu o acendedor.

– Eu não entendo – disse o pequeno príncipe.

-Il n'y a rien à comprendre, dit l'allumeur. La consigne c'est la consigne. Bonjour.

Et il éteignit son réverbère.

Puis il s'épongea le front avec un mouchoir à carreaux rouges.

-Je fais là un métier terrible. C'était raisonnable autrefois. J'éteignais le matin et j'allumais le soir. J'avais le reste du jour pour me reposer, et le reste de la nuit pour dormir...

-Et, depuis cette époque, la consigne à changé?

-La consigne n'a pas changé, dit l'allumeur. C'est bien là le drame! La planète d'année en année a tourné de plus en plus vite, et la consigne n'a pas changé!

-Alors? dit le petit prince.

-Alors maintenant qu'elle fait un tour par minute, je n'ai plus une seconde de repos. J'allume et j'éteins une fois par minute!

-Ça c'est drôle! Les jours chez toi durent une minute!

-Ce n'est pas drôle du tout, dit l'allumeur. Ça fait déjà un mois que nous parlons ensemble.

-Un mois?

– Não há nada para entender – disse o acendedor. – Ordem é ordem. Bom dia.

E ele apagou seu lampião.

Em seguida enxugou a testa com um lenço xadrez vermelho.

– Estou fazendo um trabalho terrível aqui. Costumava ser razoável. Eu apagava de manhã e acendia à noite. Eu tinha o resto do dia para descansar e o resto da noite para dormir...

– E depois a ordem mudou?

– A ordem não mudou – disse o acendedor. – Essa é a tragédia! O planeta tem girado cada vez mais rápido de ano para ano, e as instruções não mudaram!

– E daí? – disse o pequeno príncipe.

– E daí que agora ele está fazendo uma revolução por minuto, não tenho um segundo para descansar. Eu ligo e desligo uma vez por minuto!

– Que engraçado! Aqui os dias duram um minuto!

– Não é nada engraçado – disse o acendedor. – Estamos conversando há um mês.

– Um mês?

-Oui. Trente minutes. Trente jours! Bonsoir.

Et il ralluma son réverbère.

Le petit prince le regarda et il aima cet allumeur qui était tellement fidèle à la consigne. Il se souvint des couchers de soleil que lui-même allait autrefois chercher, en tirant sa chaise. Il voulut aider son ami:

-Tu sais...je connais un moyen de te reposer quand tu voudras...

-Je veux toujours, dit l'allumeur.

Car on peut être, à la fois, fidèle et paresseux.

Le petit prince poursuivit:

-Ta planète est tellement petite que tu en fais le tour en trois enjambées. Tu n'as qu'à marcher assez lentement pour rester toujours au soleil. Quand tu voudras te reposer tu marcheras... et le jour durera aussi longtemps que tu voudras.

-Ça ne m'avance pas à grand-chose, dit l'allumeur. Ce que j'aime dans la vie, c'est dormir.

-Ce n'est pas de chance, dit le petit prince.

-Ce n'est pas de chance, dit l'allumeur. Bonjour.

– Sim. Trinta minutos. Trinta dias! Boa noite.

E ele acendeu seu lampião.

O pequeno príncipe olhou para ele e gostou desse acendedor que era tão fiel às instruções. Ele se lembrou do pôr do sol que costumava procurar quando puxava a cadeira. Queria ajudar seu amigo:

– Você sabe... Eu sei uma maneira de descansar quando você quiser...

– Eu sempre quero descansar – disse o acendedor.

Porque é possível ser fiel e preguiçoso ao mesmo tempo.

O pequeno príncipe continuou:

– Seu planeta é tão pequeno que você pode dar a volta nele em três pernadas. Você só precisa andar devagar o suficiente para ficar sempre ao sol. Quando precisar de descanso, é só andar... e o dia vai durar o tempo que você quiser.

– Isso não me adianta muito – disse o acendedor. – O que eu mais amo na vida é dormir.

– Que azar – disse o pequeno príncipe.

– Que azar – disse o acendedor. – Bom dia.

Et il éteignit son réverbère.

Celui-là, se dit le petit prince, tandis qu'il poursuivait plus loin son voyage, celui-là serait méprisé par tous les autres, par le roi, par le vaniteux, par le buveur, par le businessman. Cependant c'est le seul qui ne me paraisse pas ridicule. C'est, peut-être, parce qu'il s'occupe d'autre chose que de soi-même.

Il eut un soupir de regret et se dit encore:

-Celui-là est le seul dont j'eusse pu faire mon ami. Mais sa planète est vraiment trop petite. Il n'y a pas de place pour deux...

Ce que le petit prince n'osait pas s'avouer, c'est qu'il regrettait cette planète bénie à cause, surtout, des mille quatre cent quarante couchers de soleil par vingt-quatre heures!

E apagou seu poste.

"Aquele lá", disse o pequeno príncipe para si mesmo, enquanto prosseguia sua jornada para mais longe, "aquele seria desprezado por todos os outros, pelo rei, pelo vaidoso, pelo bêbado, pelo homem de negócios. No entanto, é o único que não me parece ridículo. Talvez por ser o único que está preocupado com algo além de si."

Ele deu um suspiro de arrependimento e voltou a dizer:

"Aquele é o único com quem eu poderia ter feito amizade. Mas seu planeta é realmente muito pequeno. Não há espaço para dois..."

O que o pequeno príncipe não se atreveu a admitir para si mesmo foi que sentia falta desse planeta afortunado por causa dos mil quatrocentos e quarenta pores do sol ao longo de vinte e quatro horas!

XV

La sixième planète était une planète dix fois plus vaste. Elle était habitée par un vieux Monsieur qui écrivait d'énormes livres.

-Tiens! voilà un explorateur! s'écria-t-il, quand il aperçut le petit prince.

Le petit prince s'assit sur la table et souffla un peu. Il avait déjà tant voyagé!

-D'où viens-tu? lui dit le vieux Monsieur.

-Quel est ce gros livre? dit le petit prince. Que faites-vous ici?

O sexto planeta era um planeta dez vezes maior. Era habitado por um velho cavalheiro que escrevia livros enormes.

– Olha só! Eis um explorador! – ele exclamou, quando viu o pequeno príncipe.

O pequeno príncipe sentou-se na mesa e respirou um pouco. Ele já havia viajado tanto!

– De onde você veio? – disse o velho cavalheiro.

– Que grande livro é esse? – disse o pequeno príncipe. – O que você está fazendo aqui?

-Je suis géographe, dit le vieux Monsieur.

-Qu'est-ce qu'un géographe?

-C'est un savant qui connaît où se trouvent les mers, les fleuves, les villes, les montagnes et les déserts.

-Ça c'est bien intéressant, dit le petit prince. Ça c'est enfin un véritable métier!

Et il jeta un coup d'oeil autour de lui sur la planète du géographe. Il n'avait jamais vu encore une planète aussi majestueuse.

-Elle est bien belle, votre planète. Est-ce qu'il y a des océans?

-Je ne puis pas le savoir, dit le géographe.

-Ah! (Le petit prince était déçu.) Et des montagnes?

-Je ne puis pas le savoir, dit le géographe.

-Et des villes et des fleuves et des déserts?

-Je ne puis pas le savoir non plus, dit le géographe.

-Mais vous êtes géographe!

-C'est exact, dit le géographe, mais je ne suis pas explorateur. Je manque absolument d'explorateurs. Ce n'est pas le géographe qui va faire le compte des villes,

– Eu sou um geógrafo – disse o velho cavalheiro.

– O que é um geógrafo?

– Ele é um estudioso que sabe onde estão os mares, rios, cidades, montanhas e desertos.

– Isso é muito interessante – disse o pequeno príncipe. – Agora sim! Finalmente um trabalho de verdade!

E ele começou a olhar ao seu redor para o planeta do geógrafo. Ele nunca tinha visto um planeta tão majestoso.

– Seu planeta é muito bonito. Existem oceanos nele?

– Não sei dizer – disse o geógrafo.

– Ah! (O pequeno príncipe ficou desapontado.) E montanhas?

– Não sei dizer – disse o geógrafo.

– E cidades, rios e desertos?

– Também não sei dizer – disse o geógrafo.

– Mas você é um geógrafo!

– Isso é verdade – disse o geógrafo – mas eu não sou um explorador. Os exploradores estão em falta. Não é o geógrafo que vai contar as cidades,

des fleuves, des montagnes, des mers, des océans et des déserts. Le géographe est trop important pour flâner. Il ne quitte pas son bureau. Mais il y reçoit les explorateurs. Il les interroge, et il prend en note leurs souvenirs. Et si les souvenirs de l'un d'entre eux lui paraissent intéressants, le géographe fait une enquête sur la moralité de l'explorateur.

-Pourquoi ça?

-Parce qu'un explorateur qui mentirait entraînerait des catastrophes dans les livres de géographie. Et aussi un explorateur qui boirait trop.

-Pourquoi ça? fit le petit prince.

-Parce que les ivrognes voient double. Alors le géographe noterait deux montagnes, là où il n'y en a qu'un seule.

-Je connais quelqu'un, dit le petit prince, qui serait mauvais explorateur.

-C'est possible. Donc, quand la moralité de l'explorateur paraît bonne, on fait faire une enquête sur sa découverte.

-On va voir?

os rios, as montanhas, os mares, os oceanos e os desertos. O geógrafo é importante demais para vagar por aí. Ele não sai de seu escritório. Mas ele recebe os exploradores. Ele os questiona e toma nota de suas memórias. E se as memórias de um deles lhe parecem interessantes, o geógrafo faz uma investigação sobre a moralidade do explorador.

– Por quê?

– Por que um explorador capaz de mentir causaria desastres nos livros de geografia. Assim como um explorador que bebe demais.

– Por quê? – disse o pequeno príncipe.

– Porque os bêbados veem em dobro. Então o geógrafo anotaria duas montanhas, onde há apenas uma.

– Eu conheço alguém – disse o pequeno príncipe – que seria um mau explorador.

– É possível. Portanto, quando a moralidade do explorador parece boa, é feita uma investigação sobre sua descoberta.

– Você vai lá ver?

-Non. C'est trop compliqué. Mais on exige de l'explorateur qu'il fournisse de preuves. Si'il s'agit par example de la découverte d'une grosse montagne, on exige qu'il en rapporte de grosses pierres.

Le géographe soudain s'émut.

-Mais toi, tu viens de loin! Tu es explorateur! Tu vas me décrire ta planète!

Et le géographe, ayant ouvert son registre, tailla son crayon. On note d'abord au crayon les récits des explorateurs. On attend, pour noter à l'encre, que l'explorateur ait fourni des preuves.

-Alors? interrogea le géographe.

-Oh! chez moi, dit le petit prince, ce n'est pas très intéressant, c'est tout petit. J'ai trois volcans. Deux volcans en activité, et un volcan éteint. Mais on ne sait jamais.

-On ne sait jamais, dit le géographe.

-J'ai aussi une fleur.

-Nous ne notons pas les fleurs, dit le géographe.

-Pourquoi ça! c'est le plus joli!

-Parce que les fleurs sont éphémères.

– Não. É muito complicado. Mas o explorador é obrigado a fornecer provas. Se, por exemplo, se trata da descoberta de uma grande montanha, ele é obrigado a trazer grandes pedras.

O geógrafo ficou mudo de repente.

– Mas você percorreu um longo caminho! Você é um explorador! Você vai descrever seu planeta para mim!

E o geógrafo, ao abrir seu caderno, apontou o lápis. As histórias dos exploradores são primeiro escritas a lápis. Esperamos, para anotar com tinta, até que o explorador tenha fornecido provas.

– Então? – perguntou o geógrafo.

-Ah! Lá de onde eu venho... – disse o pequeno príncipe – não é muito interessante, é muito pequeno. Eu tenho três vulcões. Dois vulcões ativos e um vulcão extinto. Mas nunca se sabe.

– Nunca se sabe – disse o geógrafo.

– Eu também tenho uma flor.

– Não anotamos as flores – disse o geógrafo.

-Qu'est ce que signifie: «éphémère»?

-Les géographies, dit le géographe, sont les livres les plus sérieux de tous les livres. Elles ne se démodent jamais. Il est tres rare qu'une montagne change de place. Il est très rare qu'un océan se vide de son eau. Nous écrivons des choses éternelles.

-Mais les volcans éteints peuvent se réveiller, interrompit le petit prince. Qu'est -ce que signifie «éphémère»?

-Que les volcans soient éteints ou soient éveillés, ça revient au même pour nous autres, dit le géographe. Ce qui compte pour nous, c'est la montagne. Elle ne change pas.

-Mais qu'est-ce que signifie «éphémère»? répéta le petit prince qui, de sa vie, n'avait renoncé à une question, une fois qu'il l'avait posée.

-Ça signifie «qui est menacé de disparition prochaine».

-Ma fleur est menacée de disparition prochaine?

-Bien sûr.

– Por quê? É o mais bonito!

– Porque as flores são efêmeras.

– O que significa "efêmero"?

– As geografias – disse o geógrafo – são os livros mais sérios de todos os livros. Eles nunca saem de moda. É muito raro uma montanha mudar de lugar. É muito raro um oceano esvaziar sua água. Escrevemos coisas eternas.

– Mas vulcões extintos podem acordar – interrompeu o pequeno príncipe. – O que significa "efêmero"?

– Se os vulcões estão extintos ou ativos, dá na mesma para nós – disse o geógrafo. – O que importa para nós são as montanhas. Elas não mudam.

– Mas o que significa "efêmero"? – repetiu o pequeno príncipe, que nunca em sua vida desistiu de uma pergunta depois de fazê-la.

– Significa "que em breve está ameaçado de extinção".

– Minha flor está ameaçada de extinção?

– É claro.

Ma fleur est éphémère, se dit le petit prince, et elle n'a que quatre épines pour se défendre contre le monde! Et je l'ai laissée toute seule chez moi!

Ce fut là son premier mouvement de regret. Mais il reprit courage:

-Que me conseillez-vous d'aller visiter? demanda-t-il.

-La planète Terre, lui répondit le géographe. Elle a une bonne réputation...

Et le petit prince s'en fut, songeant à sa fleur.

"Minha flor é efêmera", disse o pequeno príncipe para si mesmo, "e tem apenas quatro espinhos para se defender contra o mundo! E eu a deixei sozinha em casa!"

Este foi seu primeiro movimento de arrependimento. Mas ele tomou coragem:

– Onde você me aconselha a visitar? – perguntou.

– O planeta Terra – respondeu o geógrafo. – Tem uma boa reputação...

E o principezinho foi embora, pensando em sua flor.

XVI

La septième planète fut donc la Terre.

La Terre n'est pas une planète quelconque! On y compte cent onze rois (en n'oubliant pas, bien sûr, les rois nègres), sept mille géographes, neuf cent mille businessmen, sept millions et demi d'ivrognes, trois cent onze millions de vaniteux, c'est-àdire environ deux milliards de grandes personnes.

Pour vous donner une idée des dimensions de la Terre je vous dirai qu'avant l'invention de l'électricité on y devait entretenir, sur l'ensemble des six continents, une véritable armée de quatre cent soixante-deux mille cinq cent onze allumeurs de réverbères.

Vu d'un peu loin ça faisait un effet splendide. Les mouvements de cette armée étaient réglés comme ceux d'un ballet d'opéra. D'abord venait le tour des allumeurs de

O sétimo planeta foi, portanto, a Terra.

A Terra não é um planeta qualquer! Há cento e onze reis (sem esquecer dos reis negros, é claro), sete mil geógrafos, novecentos mil homens de negócios, sete milhões e meio de bêbados, trezentos e onze milhões de vaidosos, ou seja, cerca de dois bilhões de pessoas crescidas.

Para lhe dar uma ideia das dimensões da Terra, direi que antes da invenção da eletricidade, um verdadeiro exército de quatrocentos e sessenta e dois mil quinhentos e onze acendedores de lampiões deve ter sido mantido em todos os seis continentes.

Visto de longe, isso provocava um efeito esplêndido. Os movimentos desse exército eram ritmados como os de um balé de ópera. Primeiro vinha a vez dos acendedores de lampiões

réverbères de Nouvelle-Zélande et d'Australie. Puis ceux-ci, ayant allumé leurs lampions, s'en allaient dormir. Alors entraient à leur tour dans la danse les allumeurs de réverbères de Chine et de Sibérie. Puis eux aussi s'escamotaient dans les coulisses. Alors venait le tour des allumeurs de réverbères de Russie et des Indes. Puis de ceux d'Afrique et d'Europe. Puis de ceux d'Amérique de Sud. Puis de ceux d'Amérique de Nord. Et jamais ils ne se trompaient dans leur ordre d'entrée en scène. C'était grandiose.

Seuls, l'allumeur de l'unique réverbère de pôle Nord, et son confrère de l'unique réverbère du pôle Sud, menaient des vies d'oisiveté et de nonchalance: ils travaillaient deux fois par an.

da Nova Zelândia e da Austrália. Ao acenderem suas lanternas, iam dormir. Por sua vez, os acendedores de lampiões da China e da Sibéria entravam na dança. Então eles também escapariam para os bastidores. Depois, vinha a vez dos acendedores de lampiões da Rússia e da Índia. Depois, os da África e da Europa. Depois os da América do Sul. Em seguida, os da América do Norte. E eles nunca cometiam um erro em sua ordem de aparição. Era grandioso.

Apenas o acendedor do único poste de luz no Polo Norte, e seu colega no único poste de luz no Polo Sul, levavam uma vida de ociosidade e indiferença: eles trabalhavam duas vezes por ano.

XVII

Quand on veut faire de l'esprit, il arrive que l'on mente un peu. Je n'ai pas été très honnête en vous parlant des allumeurs de réverbères. Je risque de donner une fausse idée de notre planète à ceux qui ne la connaissent pas. Les hommes occupent très peu de place sur la Terre. Si les deux milliards d'habitants qui peuplent la Terre se tenaient debout et un peu serrés, comme pour un meeting, ils logeraient aisément sur une place publique de vingt milles de long sur vingt milles de large. On pourrait entasser l'humanité sur le moindre petit îlot du Pacifique.

Les grandes personnes, bien sûr, ne vous croiront pas. Elles s'imaginent tenir beaucoup de place. Elles se voient importantes comme des baobabs. Vous leur conseillerez donc de faire le calcul. Elles adorent les chiffres:

Quando você quer ser espirituoso, às vezes mente um pouco. Não fui muito honesto quando falei sobre os acendedores de lampiões. Corro o risco de dar uma falsa ideia do nosso planeta a quem não o conhece. Os homens ocupam muito pouco espaço na Terra. Se os dois bilhões de habitantes da terra se levantassem e se arrumassem um pouco, como se fossem para uma reunião, eles seriam facilmente acomodados em uma praça pública de vinte milhas de comprimento por vinte milhas de largura. A humanidade poderia ser amontoada em todas as pequenas ilhas do Pacífico.

As pessoas crescidas, é claro, não acreditariam em você. Elas imaginam que ocupam muito espaço. Elas se veem tão importantes quanto os baobás. Portanto, você as aconselharia a fazer as contas. Elas adoram números,

ça leur plaira. Mais ne perdez pas votre temps à ce pensum. C'est inutile. Vous avez confiance en moi.

Le petit prince, une fois sur Terre, fut donc bien surpris de ne voir personne. Il avait déjà peur de s'être trompé de planète, quand un anneau couleur de lune remua dans le sable.

—Bonne nuit, fit le petit prince à tout hasard.

—Bonne nuit, fit le serpent.

vão gostar. Mas não perca seu tempo com esse pensamento. É inútil. Pode confiar em mim.

O pequeno príncipe, uma vez na Terra, ficou muito surpreso ao não ver ninguém. Ele já estava com medo de ter escolhido o planeta errado, quando um anel cor de lua se agitou na areia.

– Boa noite – disse, de qualquer forma, o pequeno príncipe.

– Boa noite – disse a cobra.

-Sur quelle planète suis-je tombé? demanda le petit prince.

-Sur la Terre, en Afrique, répondit le serpent.

-Ah!...Il n'y a donc personne sur la Terre?

-Ici c'est le désert. Il n'y a personne dans les déserts. La Terre est grande, dit le serpent.

Le petit prince s'assit sur une pierre et leva les yeux vers le ciel:

-Je me demande, dit-il, si les étoiles sont éclairées afin que chacun puisse un jour retrouver la sienne. Regarde ma planète. Elle est juste au-dessus de nous... Mais comme elle est loin!

-Elle est belle, dit le serpent. Que viens-tu faire ici?

-J'ai des difficultés avec une fleur, dit le petit prince.

-Ah! fit le serpent.

Et ils se turent.

-Où sont les hommes? reprit enfin le petit prince. On est un peu seul dans le désert...

– Em que planeta eu caí? – perguntou o pequeno príncipe.

– Na Terra, na África – respondeu a serpente.

– Ah!... Então não há ninguém na Terra?

– Aqui é o deserto. Não há ninguém nos desertos. A Terra é grande – disse a cobra.

O pequeno príncipe sentou-se em uma pedra e ergueu os olhos para o céu.

– Eu me pergunto – disse ele, – se as estrelas são iluminadas para que todos possam um dia encontrar a sua. Olhe para o meu planeta. Ele está bem acima de nós... Mas como está longe!

– Ele é lindo – disse a serpente. – O que você está fazendo aqui?

– Estou tendo problemas com uma flor – disse o pequeno príncipe.

– Ah! – disse a cobra.

E eles ficaram em silêncio.

– Onde estão os homens? – o pequeno príncipe enfim retomou.

– Estamos um pouco sozinhos no deserto...

-On est seul aussi chez les hommes, dit le serpent.

Le petit prince le regarda longtemps:

-Tu es une drôle de bête, lui dit-il enfin, mince comme un doigt...

-Mais je suis plus puissant que le doigt d'un roi, dit le serpent.

– Ficamos sozinhos também entre os homens – disse a serpente.

O principezinho olhou para ela por um longo tempo:

– Você é um animal estranho – enfim ele lhe disse –, fino como um dedo.

– Mas eu sou mais poderosa do que o dedo de um rei – disse a serpente.

Le petit prince eut un sourire:

-Tu n'es pas bien puissant...tu n'as même pas de pattes... tu ne peux même pas voyager...

-Je puis t'emporter plus loin qu'un navire, dit le serpent.

Il s'enroula autour de la cheville du petit prince, comme un bracelet d'or:

-Celui que je touche, je rends à la terre dont il est sorti, dit-il encore. Mais tu es pur et tu viens d'une étoile...

Le petit prince ne répondit rien.

-Tu me fais pitié, toi si faible, sur cette Terre de granit. Je puis t'aider un jour si tu regrettes trop ta planète. Je puis...

-Oh! J'ai très bien compris, fit le petit prince, mais pourquoi parles-tu toujours par énigmes?

-Je les résous toutes, dit le serpent.

Et ils se turent.

O pequeno príncipe sorriu:

– Você não é muito poderosa... você nem tem pernas... não pode nem viajar...

– Eu posso levá-lo mais longe do que um navio – disse a cobra.

Ele se enrolou no tornozelo do pequeno príncipe, como uma pulseira de ouro:

– Quem quer que eu toque, faço voltar para a terra de onde veio – ela continuou. – Mas você é puro e vem de uma estrela...

O pequeno príncipe não respondeu.

– Sinto pena de você, é tão fraco, nesta terra de granito. Eu posso ajudá-lo um dia se você sentir muita saudade do seu planeta. Eu posso...

-Ah! Eu entendo muito bem – disse o pequeno príncipe –, mas por que você sempre fala através de enigmas?

– Vou resolver todos eles – disse a serpente.

E eles ficaram em silêncio.

XVIII

Le petit prince traversa le désert et ne rencontra qu'une fleur. Une fleur à trois pétales, une fleur de rien du tout...

   -Bonjour, dit le petit prince.
   -Bonjour, dit la fleur.
   -Où sont les hommes? demanda poliment le petit prince.

O pequeno príncipe atravessou o deserto e encontrou apenas uma flor. Uma flor com três pétalas, uma florzinha de nada...

   – Bom dia – disse o pequeno príncipe.

   – Bom dia – disse a flor.

   – Onde estão os homens? – o pequeno príncipe perguntou, com educação.

La fleur, un jour, avait vu passer une caravane:

-Les hommes? Il en existe, je crois, six ou sept. Je les ai aperçus il y a des années. Mais on ne sait jamais où les trouver. Le vent les promène. Ils manquent de racines, ça les gêne beaucoup.

-Adieu, fit le petit prince.

-Adieu, dit la fleur.

A flor, um dia, viu uma caravana passar.

– Homens? Acredito que existam seis ou sete deles. Eu os vi anos atrás. Mas você nunca sabe onde encontrá-los. O vento os carrega. Eles não têm raízes, e isso os incomoda muito.

– Adeus – disse o pequeno príncipe.

– Adeus – disse a flor.

XIX

Le petit prince fit l'ascension d'une haute montagne. Les seules montagnes qu'il eût jamais connues étaient les trois volcans qui lui arrivaient au genou. Et il se servait du volcan éteint comme d'un tabouret. «D'une montagne haute comme celle-ci, se dit-il donc, j'apercevrai d'un coup toute la planète et tous les hommes...» Mais il n'aperçut rien que des aiguilles de roc bien aiguisées.

-Bonjour, dit-il à tout hasard.

-Bonjour... Bonjour... Bonjour... répondit l'écho.

-Qui êtes-vous? dit le petit prince.

-Qui êtes-vous...qui êtes-vous...qui êtes-vous...répondit l'écho.

-Soyez mes amis, je suis seul, dit-il.

-Je suis seul...je suis seul...Je suis seul...répondit l'écho.

O pequeno príncipe escalou uma grande montanha. As únicas montanhas que ele conhecera eram os três vulcões que chegavam ao seu joelho. O vulcão extinto era usado como banquinho. "De uma montanha alta como esta", disse ele para si mesmo, "verei, de uma só, vez todo o planeta e todos os homens..." Mas ele não viu nada além de pedras pontudas como agulhas.

– Bom dia – disse ele ao acaso.

– Bom dia... Bom dia... Bom dia... – respondeu o eco.

– Quem é você? – disse o pequeno príncipe.

– Quem é você... Quem é você... Quem é você... – respondeu o eco.

– Sejam meus amigos, estou sozinho – disse ele.

– Estou sozinho... Estou sozinho... Estou sozinho... – respondeu o eco.

«Quelle drôle de planète! pensa-t-il alors. Elle est toute sèche, et toute pointue et toute salée.

Et les hommes manquent d'imagination. Ils répètent ce qu'on leur dit... Chez moi j'avais une fleur: elle parlait toujours la première...»

"Que planeta estranho!", ele pensou então. "É bastante seco, pontiagudo e salgado."

"E os homens não têm imaginação. Eles repetem o que lhes é dito... Em casa eu tinha uma flor: ela sempre falava primeiro..."

XX

Mais il arriva que le petit prince, ayant longtemps marché à travers les sables, les rocs et les neiges, découvrit enfin une route. Et les routes vont toutes chez les hommes.

-Bonjour, dit-il.

C'était un jardin fleuri de roses.

-Bonjour, dirent les roses.

Le petit prince les regarda. Elles ressemblaient toutes à sa fleur.

-Qui êtes-vous? leur demanda-t-il, stupéfait.

-Nous sommes des roses, dirent les roses.

Mas ocorreu que o pequeno príncipe, tendo caminhado por um longo tempo pelas areias, rochas e neves, finalmente descobriu uma estrada. E todas as estradas vão em direção aos homens.

– Bom dia – disse ele.

Era um jardim florido de rosas.

– Bom dia – disseram as rosas.

O pequeno príncipe olhou para elas. Todas se pareciam com sua flor.

– Quem são vocês? – ele lhes perguntou, estupefato.

– Somos rosas – disseram as rosas.

-Ah! fit le petit prince...

Et il se sentit très malheureux. Sa fleur lui avait raconté qu'elle était seule de son espèce dans l'univers. Et voici qu'il en était cinq mille, toutes semblables, dans un seul jardin!

«Elle serait bien vexée, se dit-il, si elle voyait ça...elle tousserait énormément et ferait semblant de mourir pour échapper au ridicule. Et je serais bien obligé de faire semblant de la soigner, car, sinon, pour m'humilier moi aussi, elle se laisserait vraiment mourir...»

Puis il se dit encore: «Je me croyais riche d'une fleur unique, et je ne possède qu'une rose ordinaire. Ça et mes trois volcans qui m'arrivent au genou, et dont l'un, peut-être, est éteint pour toujours, ça ne fait pas de moi un bien grand prince...» Et, couché dans l'herbe, il pleura.

– Ah! – disse o pequeno príncipe.

E ele se sentiu muito infeliz. Sua flor lhe disse que ela era a única de sua espécie no universo. E eis que havia cinco mil delas, todas iguais, em um só jardim!

"Ela ficaria muito ofendida", disse ele para si mesmo, "se visse isso... ela tossiria muito e fingiria estar morrendo para escapar do ridículo. E eu teria que fingir que cuidava dela, porque, senão, para me humilhar também, ela realmente se deixaria morrer..."

Então ele disse a si mesmo novamente: "Eu pensei que era rico por ter uma flor única, mas possuo apenas uma rosa comum. Uma rosa e meus três vulcões que não passam do meu joelho, um dos quais, talvez, esteja extinto para sempre. Isso não me torna um grande príncipe...". E deitado na grama, ele chorou.

XXI

C'est alors qu'apparut le renard.

-Bonjour, dit le renard.

-Bonjour, répondit poliment le petit prince, qui se retourna mais ne vit rien.

-Je suis là, dit la voix, sous le pommier.

-Qui es-tu? dit le petit prince. Tu es bien joli...

-Je suis un renard, dit le renard.

-Viens jouer avec moi, lui proposa le petit prince. Je suis tellement triste...

Foi então que a raposa apareceu.

– Bom dia – disse a raposa.

– Bom dia – o pequeno príncipe respondeu, com educação. Ele se virou, mas não viu nada.

– Estou aqui – disse a voz –, debaixo da macieira.

– Quem é você? – disse o pequeno príncipe. – Você é muito bonita...

– Eu sou uma raposa – disse a raposa.

– Venha brincar comigo – propôs o pequeno príncipe. – Estou tão triste...

-Je ne puis pas jouer avec toi, dit le renard. Je ne suis pas apprivoisé.

-Ah! Pardon, fit le petit prince.

Mais après réflexion, il ajouta:

-Qu'est-ce que signifie «apprivoiser»?

-Tu n'es pas d'ici, dit le renard, que cherches-tu?

-Je cherche les hommes, dit le petit prince. Qu'est-ce que signifie «apprivoiser»?

-Les hommes, dit le renard, ils ont des fusils et ils chassent. C'est bien gênant! Ils élèvent aussi des poules. C'est leur seul intérêt. Tu cherches des poules?

– Eu não posso brincar com você – disse a raposa. – Eu não sou cativa.

-Ah! Perdoe-me – disse o pequeno príncipe.

Mas depois de pensar um pouco, ele acrescentou:

– O que significa "cativar"?

– Você não é daqui – disse a raposa, – o que você está procurando?

– Estou procurando homens – disse o pequeno príncipe. – O que significa "cativar"?

– Homens – disse a raposa –, eles têm armas e caçam. É muito difícil! Eles também criam galinhas. Esse é o único interesse deles. Você procura por galinhas?

-Non, dit le petit prince. Je cherche des amis. Qu'est-ce que signifie «apprivoiser»?

-C'est une chose trop oubliée, dit le renard. Ça signifie «Créer des liens...»

-Créer des liens?

-Bien sûr, dit le renard. Tu n'es encore pour moi qu'un petit garçon tout semblable à cent mille petits garçons. Et je n'ai pas besoin de toi. Et tu n'a pas besoin de moi non plus. Je ne suis pour toi qu'un renard semblable à cent mille renards. Mais, si tu m'apprivoises, nous aurons besoin l'un de l'autre. Tu seras pour moi unique au monde. Je serai pour toi unique au monde...

-Je commence à comprendre, dit le petit prince. Il y a une fleur... je crois qu'elle m'a apprivoisé...

-C'est possible, dit le renard. On voit sur la Terre toutes sortes de choses...

-Oh! ce n'est pas sur la Terre, dit le petit prince. Le renard parut très intrigué:

-Sur une autre planète ?

-Oui.

– Não – disse o pequeno príncipe. – Estou procurando amigos. O que significa "cativar"?

– É uma coisa muito esquecida – disse a raposa. – Significa "criar vínculos..."

– Criar vínculos?

– Exatamente – disse a raposa. Você ainda é para mim apenas um garotinho, assim como cem mil garotinhos. E eu não preciso de você. E você também não precisa de mim. Eu sou para você apenas uma raposa como cem mil raposas. Mas, se você me cativar, precisaremos um do outro. Você será único para mim no mundo. Serei única no mundo para você...

– Estou começando a entender – disse o pequeno príncipe. – Há uma flor... Acho que ela me cativou...

– É possível – disse a raposa. – Vemos todos os tipos de coisas na Terra...

– Ah! Ela não está na Terra – disse o pequeno príncipe.

A raposa parecia muito intrigada.

– Em outro planeta?

– Sim.

-Il y a des chasseurs sur cette planète-là ?

-Non.

-Ça, c'est intéressant! Et des poules ?

-Non.

-Rien n'est parfait, soupira le renard.

Mais le renard revint à son idée:

-Ma vie est monotone. Je chasse les poules, les hommes me chassent. Toutes les poules se ressemblent, et tous les hommes se ressemblent. Je m'ennuie donc un peu. Mais si tu m'apprivoises, ma vie sera comme ensoleillée. Je connaîtrai un bruit de pas qui sera différent de tous les autres. Les autres pas me font rentrer sous terre. Le tien m'appellera hors du terrier, comme une musique. Et puis regarde! Tu vois, là-bas, les champs de blé? Je ne mange pas de pain. Le blé pour moi est inutile. Les champs de blé ne me rappellent rien. Et ça, c'est triste! Mais tu as des cheveux couleur d'or. Alors ce sera merveilleux quand tu m'aura apprivoisé! Le blé, qui est doré, me fera souvenir de toi. Et j'aimerai le bruit du vent dans le blé...

– Existem caçadores nesse planeta?

– Não

– Isso é interessante! E galinhas?

– Não.

– Nada é perfeito – suspirou a raposa.

Mas a raposa voltou à sua ideia:

– Minha vida é monótona. Eu caço galinhas, os homens me caçam. Todas as galinhas são parecidas e todos os homens são parecidos. Então, estou um pouco entediada. Mas se você me cativar, minha vida será ensolarada. Vou experimentar um som de passos que será diferente de todos os outros. Os outros passos me fazem ir para o subsolo. O seu vai me chamar para fora da toca, como música. E então olhe! Você vê os campos de trigo ali? Eu não como pão. O trigo para mim é inútil. Os campos de trigo não me lembram nada. E isso é triste! Mas você tem cabelos dourados. Então será maravilhoso quando você me cativar! O trigo, que é dourado, vai me lembrar de você. E eu amaria o som do vento no trigo...

Le renard se tut et regarda longtemps le petit prince:

-S'il te plaît...apprivoise-moi! dit-il.

-Je veux bien, répondit le petit prince, mais je n'ai pas beaucoup de temps. J'ai des amis à découvrir et beaucoup de choses à connaître.

-On ne connaît que les choses que l'on apprivoise, dit le renard. Les hommes n'ont plus le temps de rien connaître. Ils achètent des choses toutes faites chez les marchands. Mais comme il n'existe point de marchands d'amis, les hommes n'ont plus d'amis. Si tu veux un ami, apprivoise-moi!

-Que faut-il faire? dit le petit prince.

-Il faut être très patient, répondit le renard. Tu t'assoiras d'abord un peu loin de moi, comme ça, dans l'herbe. Je te regarderai du coin de l'oeil et tu ne diras rien. Le langage est source de malentendus. Mais, chaque jour, tu pourras t'asseoir un peu plus près...

A raposa ficou em silêncio e olhou para o pequeno príncipe por um longo tempo.

– Por favor... Me cative! – ela disse.

– Eu gostaria – respondeu o pequeno príncipe –, mas não tenho muito tempo. Tenho amigos para descobrir e muitas coisas para conhecer.

– Conhecemos apenas as coisas que se cativam – disse a raposa. Os homens não têm mais tempo para conhecer as coisas. Eles compram coisas prontas dos comerciantes. Mas como não há mercados de amigos, os homens não têm mais amigos. Se você quer um amigo, me cative!

– O que deve ser feito? – disse o pequeno príncipe.

– Você tem que ser muito paciente – respondeu a raposa. – Você primeiro se sentará um pouco longe de mim, assim, na grama. Vou olhar para você com o canto do olho e você não vai dizer nada. A linguagem é uma fonte de mal-entendidos. Mas, todos os dias, você poderá sentar-se um pouco mais perto...

Le lendemain revint le petit prince.

-Il eût mieux valu revenir à la même heure, dit le renard. Si tu viens, par exemple, à quatre heures de l'après-midi, dès trois heures je commencerai d'être heureux. Plus l'heure avancera, plus je me sentirai heureux. à quatre heures, déjà, je m'agiterai et m'inquiéterai; je découvrira le prix du bonheur! Mais si tu viens n'importe quand, je ne saurai jamais à quelle heure m'habiller le coeur...il faut des rites.

-Qu'est-ce qu'un rite? dit le petit prince.

No dia seguinte, o pequeno príncipe retornou.

– Teria sido melhor ter voltado na mesma hora – disse a raposa. – Se você vier, por exemplo, às quatro horas da tarde, às três horas começarei a ser feliz. Quanto mais a hora passa, mais feliz me sinto. Às quatro horas, já estarei agitada e inquieta; vou descobrir o preço da felicidade! Mas se você vier a qualquer momento, nunca saberei a que horas preparar meu coração... precisamos de rituais.

– O que é um ritual? – disse o pequeno príncipe.

-C'est aussi quelque chose de trop oublié, dit le renard. C'est ce qui fait qu'un jour est différent des autres jours, une heure, des autres heures. Il y a un rite, par exemple, chez mes chasseurs. Ils dansent le jeudi avec les filles du village. Alors le jeudi est jour merveilleux! Je vais me promener jusqu'à la vigne. Si les chasseurs dansaient n'importe quand, les jours se ressembleraient tous, et je n'aurais point de vacances.

Ainsi le petit prince apprivoisa le renard. Et quand l'heure du départ fut proche:

-Ah! dit le renard...je pleurerai.

-C'est ta faute, dit le petit prince, je ne te souhaitais point de mal, mais tu as voulu que je t'apprivoise...

-Bien sûr, dit le renard.

-Mais tu vas pleurer! dit le petit prince.

-Bien sûr, dit le renard.

-Alors tu n'y gagnes rien!

-J'y gagne, dit le renard, à cause de la couleur du blé.

– Também é algo muito esquecido – disse a raposa. – Isso é o que torna um dia diferente dos outros dias; uma hora, das outras horas. Há um ritual, por exemplo, entre meus caçadores. Eles dançam às quintas-feiras com as meninas da aldeia. Então quinta-feira é um dia maravilhoso! Vou dar um passeio até o vinhedo. Se os caçadores dançassem a qualquer momento, os dias seriam todos iguais e eu não teria férias.

Assim, o pequeno príncipe cativou a raposa. E quando a hora da partida estava próxima:

– Ah! – disse a raposa. – Eu vou chorar.

– A culpa é sua – disse o pequeno príncipe. – Eu não lhe desejei nenhum mal, mas você queria que eu a cativasse.

– Claro – disse a raposa.

– Mas você vai chorar! – disse o pequeno príncipe.

– Claro – disse a raposa.

– Então você não ganha nada!

– Eu ganho com isso – disse a raposa –, por causa da cor do trigo.

Puis il ajouta:

-Va revoir les roses. Tu comprendras que la tienne est unique au monde. Tu reviendras me dire adieu, et je te ferai cadeau d'un secret.

Le petit prince s'en fut revoir les roses.

-Vous n'êtes pas du tout semblables à ma rose, vous n'êtes rien encore, leur dit-il. Personne ne vous a apprivoisé et vous n'avez apprivoisé personne. Vous êtes comme était mon renard. Ce n'était qu'un renard semblable à cent mille autres. Mais j'en ai fait mon ami, et il est maintenant unique au monde.

Et les roses étaient gênées.

-Vous êtes belles, mais vous êtes vides, leur dit-il encore. On ne peut pas mourir pour vous. Bien sûr, ma rose à moi, un passant ordinaire croirait qu'elle vous ressemble. Mais à elle seule elle est plus importante que vous toutes, puisque c'est elle que j'ai arrosée. Puisque c'est elle que j'ai mise sous globe. Puisque c'est elle que j'ai abritée par le paravent. Puisque c'est elle dont j'ai tué les

Em seguida, ela acrescentou:

– Vá ver as rosas novamente. Você entenderá que a sua é única no mundo. Você voltará para se despedir de mim, e eu lhe darei um segredo de presente.

O principezinho foi ver as rosas novamente.

– Vocês não são nada parecidas com a minha rosa, vocês ainda não são nada – disse ele. Ninguém cativou vocês e vocês não cativaram ninguém. Vocês são como minha raposa era. Era apenas uma raposa como cem mil outras. Mas eu a fiz minha amiga, e ela agora é única no mundo.

E as rosas ficaram envergonhadas.

– Vocês são lindas, mas estão vazias – disse a elas novamente. – Não posso morrer por vocês. Claro, um transeunte comum pensaria que minha rosa se parece com vocês. Mas só ela é mais importante do que todas vocês, pois foi ela que eu reguei. Ela é a que eu coloquei sob a redoma de vidro. Porque é ela quem eu protegi com o guarda-ventos. Ela é aquela cujas lagartas eu

chenilles (sauf les deux ou trois pour les papillons). Puisque c'est elle que j'ai écoutée se plaindre, ou se vanter, ou même quelquefois se taire. Puisque c'est ma rose.

Et il revint vers le renard:

-Adieu, dit-il...

-Adieu, dit le renard. Voici mon secret. Il est très simple: on ne voit bien qu'avec le coeur. L'essentiel est invisible pour les yeux.

-L'essentiel est invisible pour les yeux, répéta le petit prince, afin de se souvenir.

-C'est le temps que tu a perdu pour ta rose qui fait ta rose si importante.

-C'est le temps que j'ai perdu pour ma rose...fit le petit prince, afin de se souvenir.

-Les hommes on oublié cette vérité, dit le renard. Mais tu ne dois pas l'oublier. Tu deviens responsable pour toujours de ce que tu as apprivoisé. Tu es responsable de ta rose...

-Je suis responsable de ma rose...répéta le petit prince, afin de se souvenir.

matei (exceto as duas ou três que guardei para as borboletas). É ela quem eu ouvi reclamar, ou se gabar, ou mesmo às vezes ficar em silêncio. Já que é minha rosa.

E ele voltou para a raposa:

– Adeus – disse ele.

– Adeus – disse a raposa. – Aqui está o meu segredo. É muito simples: você só pode ver bem com o coração. O essencial é invisível aos olhos.

– O essencial é invisível aos olhos – repetiu o pequeno príncipe, para se lembrar.

– É o tempo que você dedicou a sua rosa que a torna tão importante.

– É o tempo que perdi com minha rosa... – repetiu o pequeno príncipe, a fim de se lembrar.

– Os homens esqueceram essa verdade – disse a raposa. – Mas você não deve esquecê-la. Você se torna para sempre responsável pelo que cativou. Você é responsável por sua rosa...

– Eu sou responsável pela minha rosa... – repetiu o pequeno príncipe, a fim de se lembrar.

XXII

-Bonjour, dit le petit prince.

-Bonjour, dit l'aiguilleur.

-Que fais-tu ici? dit le petit prince.

-Je trie les voyageurs, par paquets de mille, dit l'aiguilleur. J'expédie les trains qui les emportent, tantôt vers la droite, tantôt vers la gauche.

Et un rapide illuminé, grondant comme le tonnerre, fit trembler la cabine d'aiguillage.

-Ils sont bien pressés, dit le petit prince. Que cherchent-ils?

-L'homme de la locomotive l'ignore lui-même, dit l'aiguilleur.

Et gronda, en sens inverse, un second rapide illuminé.

-Ils reviennent déjà? demanda le petit prince...

-Bom dia – disse o pequeno príncipe.

– Bom dia – disse o manobrador.

– O que você está fazendo aqui? – disse o pequeno príncipe.

– Eu separo os passageiros por pacotes de milhares – disse o manobrador. – Eu despacho os trens que os transportam, às vezes para a direita, às vezes para a esquerda.

E um trem iluminado, estrondoso como um trovão, fez a cabine de máquinas tremer.

– Eles estão com muita pressa – disse o pequeno príncipe. – O que eles estão procurando?

– O próprio homem na locomotiva não sabe – disse o maquinista.

E , na direção oposta, ressoou um segundo trem iluminado.

– Eles já estão voltando? – perguntou o pequeno príncipe.

-Ce ne sont pas les mêmes, dit l'aiguilleur. C'est un échange.

-Ils n'étaient pas contents, là où ils étaient?

-On n'est jamais content là où on est, dit l'aiguilleur.

Et gronda le tonnerre d'un troisième rapide illuminé.

-Ils poursuivent les premiers voyageurs? demanda le petit prince.

-Ils ne poursuivent rien du tout, dit l'aiguilleur. Ils dorment là-dedans, ou bien ils bâillent. Les enfants seuls écrasent leur nez contre les vitres.

-Les enfants seuls savent ce qu'ils cherchent, fit le petit prince. Ils perdent du temps pour une poupée de chiffons, et elle devient très importante, et si on la leur enlève, ils pleurent...

-Ils ont de la chance, dit l'aiguilleur.

– Eles não são os mesmos – disse o manobrador. – É uma troca.

– Eles não estavam felizes onde estavam?

– Nunca estamos felizes onde estamos – disse o maquinista.

E ressoou o apito de um terceiro trem iluminado.

– Eles estão procurando os primeiros viajantes? – perguntou o pequeno príncipe.

– Eles não estão procurando nada – disse o maquinista. – Eles dormem lá dentro, ou bocejam. Apenas as crianças batem o nariz contra as janelas.

– Só as crianças sabem o que estão procurando – disse o pequeno príncipe. – Elas perdem tempo com uma boneca de pano, e ela se torna tão importante que elas choram se tiram a boneca delas...

– Elas têm sorte – disse o manobrador.

XXIII

-Bonjour, dit le petit prince.

-Bonjour, dit le marchand. C'était un marchand de pilules perfectionnées qui apaisent la soif. On en avale une par semaine et l'on n'éprouve plus le besoin de boire.

-Pourquoi vends-tu ça? dit le petit prince.

-C'est une grosse économie de temps, dit le marchand. Les experts ont fait des calculs. On épargne cinquante-trois minutes par semaine.

-Et que fait-on des cinquante-trois minutes?

-On en fait ce que l'on veut...

-Bom dia – disse o pequeno príncipe.

– Bom dia – disse o comerciante. Ele era um comerciante de pílulas especiais que matam a sede. Engole-se uma por semana e não há mais necessidade de beber.

– Por que você está vendendo isso? – disse o pequeno príncipe.

– É uma grande economia de tempo – disse o comerciante. – Os especialistas fizeram cálculos. Economizamos cinquenta e três minutos por semana.

– E o que fazemos com os cinquenta e três minutos?

– Você pode fazer o que quiser com eles...

«Moi, se dit le petit prince, si j'avais cinquante-trois minutes à dépenser, je marcherais tout doucement vers une fontaine...»

– Eu... – disse o pequeno príncipe para si – se eu tivesse cinquenta e três minutos para gastar, caminharia muito lentamente em direção a uma fonte...

XXIV

Nous en étions au huitième jour de ma panne dans le désert, et j'avais écouté l'histoire du marchand en buvant la dernière goutte de ma provision d'eau:

-Ah! dis-je au petit prince, ils sont bien jolis, tes souvenirs, mais je n'ai pas encore réparé mon avion, je n'ai plus rien à boire, et je serais heureux, moi aussi, si je pouvais marcher tout doucement vers une fontaine!

-Mon ami le renard, me dit-il...

-Mon petit bonhomme, il ne s'agit plus du renard!

-Pourquoi?

-Parce qu'on va mourir de soif...

Il ne comprit pas mon raisonnement, il me répondit:

-C'est bien d'avoir eu un ami, même si l'on va mourir. Moi, je suis bien content d'avoir eu un ami renard...

Estávamos no oitavo dia da minha pane no deserto, e eu tinha escutado a história do comerciante enquanto bebia a última gota do meu suprimento de água:

-Ah! – Eu disse ao principezinho. – Suas lembranças são muito bonitas, mas eu ainda não consertei meu avião, não tenho mais nada para beber, e também ficaria feliz se eu pudesse andar muito devagar até uma fonte!

– Minha amiga, a raposa... – ele me disse.

– Meu caro, não é mais sobre a raposa!

– Por quê?

– Porque vamos morrer de sede...

Ele não entendeu meu raciocínio e respondeu:

– É bom ter um amigo, mesmo se a gente for morrer.

Il ne mesure pas le danger, me dis-je. Il n'a jamais ni faim ni soif. Un peu de soleil lui suffit...

Mais il me regarda et répondit à ma pensée:

-J'ai soif aussi...cherchons un puits...

J'eus un geste de lassitude: il est absurde de chercher un puits, au hasard, dans l'immensité du désert. Cependant nous nous mîmes en marche.

Quand nous eûmes marché, des heures, en silence, la nuit tomba, et les étoiles commencèrent de s'éclairer. Je les apercevais comme un rêve, ayant un peu de fièvre, à cause de ma soif. Les mots du petit prince dansaient dans ma mémoire:

-Tu as donc soif, toi aussi? lui demandai-je.

Mais il ne répondit pas à ma question. Il me dit simplement:

-L'eau peut aussi être bonne pour le coeur...

Je ne compris pas sa réponse mais je me tus...Je savais bien qu'il ne fallait pas l'interroger.

Estou muito feliz por ter tido a raposa como amiga...

"Ele não consegue medir o perigo", pensei eu. "Ele nunca está com fome ou sede. Um pouco de sol é suficiente para ele..."

Mas ele olhou para mim e respondeu aos meus pensamentos:

– Eu também estou com sede... vamos procurar um poço...

Fiz um gesto de cansaço: é um absurdo procurar um poço, ao acaso, na imensidão do deserto. Ainda assim, partimos.

Depois de caminharmos por horas em silêncio, a noite caiu e as estrelas começaram a se iluminar. Eu as vi como se estivesse sonhando, pois estava com um pouco de febre por conta da sede. As palavras do pequeno príncipe dançaram em minha memória:

– Você está com sede também? – Eu perguntei a ele.

Mas ele não respondeu à minha pergunta. Ele simplesmente me disse:

– A água também pode ser boa para o coração...

Não entendi a sua resposta, mas fiquei em silêncio... Eu sabia

Il était fatigué. Il s'assit. Je m'assis auprès de lui. Et, après un silence, il dit encore:

-Les étoiles sont belles, à cause d'une fleur que l'on ne voit pas...

Je répondis «bien sûr» et je regardai, sans parler, les plis du sable sous la lune.

-Le désert est beau, ajouta-t-il...

Et c'était vrai. J'ai toujours aimé le désert. On s'assoit sur une dune de sable. On ne voit rien. On n'entend rien. Et cependant quelque chose rayonne en silence...

-Ce qui embellit le désert, dit le petit prince, c'est qu'il cache un puits quelque part...

Je fus surpris de comprendre soudain ce mystérieux rayonnement du sable. Lorsque j'étais petit garçon, j'habitais une maison ancienne, et la légende racontait qu'un trésor y était enfoui. Bien sûr, jamais personne n'a su le découvrir, ni peut-être même ne l'a cherché. Mais il enchantait toute cette maison. Ma maison

muito bem que ele não deveria ser questionado.

Ele estava cansado. Sentou-se. Sentei-me ao lado dele. Depois de um silêncio, ele disse novamente:

– As estrelas são lindas, por causa de uma flor que não podemos ver...

Eu respondi "claro" e olhei, sem falar, para as dobras da areia sob a lua.

– O deserto é lindo... – acrescentou.

E era verdade. Sempre amei o deserto. Sentamos em uma duna de areia. Não podíamos ver nada. Não ouvíamos nada. E, no entanto, algo irradiava no silêncio...

– O que embeleza o deserto – disse o pequeno príncipe – é que ele esconde um poço em algum lugar.

Fiquei surpreso ao entender, de repente, esse misterioso brilho da areia. Quando eu era menino, morava em uma casa velha, e dizia a lenda que um tesouro tinha sido enterrado lá. Claro, ninguém jamais foi capaz de descobri-lo, ou talvez nem sequer o tenham procurado. Mas ele encantou toda a casa. Minha casa escondia

cachait un secret au fond de son coeur...

-Oui, dis-je au petit prince, qu'il s'agisse de la maison, des étoiles ou du désert, ce qui fait leur beauté est invisible!

-Je suis content, dit-il, que tu sois d'accord avec mon renard.

Comme le petit prince s'endormait, je le pris dans mes bras, et me remis en route. J'étais ému. Il me semblait porter un trésor fragile. Il me semblait même qu'il n'y eût rien de plus fragile sur la Terre. Je regardais, à la lumière de la lune, ce front pâle, ces yeux clos, ces mèches de cheveux qui tremblaient au vent, et je me disais: «Ce que je vois là n'est qu'une écorce. Le plus important est invisible...»

Comme ses lèvres entr'ouvertes ébauchaient un demi-sourire je me dis encore: «Ce qui m'émeut si fort de ce petit prince endormi, c'est sa fidélité pour une fleur, c'est l'image d'une rose qui rayonne en lui comme la flamme d'une lampe, même quand il dort...» Et je le devinai plus fragile encore. Il faut bien protéger

um segredo nas profundezas de seu coração...

– Sim – eu disse ao pequeno príncipe. – Seja a casa, as estrelas ou o deserto, o que os torna bonitos é invisível!

– Estou feliz – disse ele – que você concorde com minha raposa.

Quando o pequeno príncipe adormeceu, tomei-o nos braços e parti novamente. Fiquei comovido. Parecia que eu estava carregando um tesouro frágil. Parecia até que não havia nada mais frágil na Terra. Sob a luz da lua, olhei para aquela testa pálida, aqueles olhos fechados, aquelas mechas de cabelo que tremiam ao vento, e disse a mim mesmo: "O que vejo aqui é apenas casca. O mais importante é invisível..."

Enquanto seus lábios entreabertos esboçavam um meio sorriso, pensei novamente: "O que acho tão tocante neste pequeno príncipe adormecido é sua fidelidade a uma flor, é a imagem de uma rosa que brilha nele como a chama de uma lâmpada, mesmo quando ele está dormindo...". E eu imaginei que ele era ainda mais frágil. As chamas

les lampes: un coup de vent peut les éteindre...

Et, marchant ainsi, je découvris le puits au lever du jour.

devem estar bem protegidas: uma rajada de vento pode apagá-las...

E andando assim, ao amanhecer descobri o poço.

XXV

-Les hommes, dit le petit prince, ils s'enfoncent dans les rapides, mais ils ne savent plus ce qu'ils cherchent. Alors ils s'agitent et tournent en rond...

Et il ajouta:

-Ce n'est pas la peine...

Le puits que nous avions atteint ne ressemblait pas aux autres puits sahariens. Les puits sahariens sont de simples trous creusés dans le sable. Celui-là ressemblait à un puits de village. Mais il n'y avait là aucun village, et je croyais rêver.

-C'est étrange, dis-je au petit prince, tout est prêt: la poulie, le seau et la corde...

Il rit, toucha la corde, fit jouer la poulie. Et la poulie gémit comme une vieille girouette quand le vent a longtemps dormi.

-Os homens – disse o pequeno príncipe –, eles estão afundando nas corredeiras, mas não sabem mais o que estão procurando. Então eles ficam agitados e andam em círculos...

E acrescentou:

– Não vale a pena...

O poço que alcançamos não se parecia com os outros poços do Saara. Os poços do Saara são simples buracos cavados na areia. Esse parecia um poço de alguma aldeia. Mas não havia aldeia lá, e eu pensei que estivesse sonhando.

– É estranho – eu disse ao pequeno príncipe –, tudo está pronto: a roldana, o balde e a corda.

Ele riu, tocou a corda e fez rodar a roldana. E a polia gemeu como um velho cata-vento quando o vento dormiu há muito tempo.

-Tu entends, dit le petit prince, nous réveillons ce puits et il chante...
Je ne voulais pas qu'il fît un effort:
-Laisse-moi faire, lui dis-je, c'est trop lourd pour toi.

– Você está ouvindo – disse o pequeno príncipe — nós acordamos o poço, e ele canta...
Eu não queria que ele fizesse esforço:
– Deixe comigo – eu disse a ele – é muito pesado para você.

Lentement je hissai le seau jusqu'à la margelle. Je l'y installai bien d'aplomb. Dans mes oreilles durait le chant de la poulie et, dans l'eau qui tremblait encore, je voyais trembler le soleil.

-J'ai soif de cette eau-là, dit le petit prince, donne-moi à boire...

Et je compris ce qu'il avait cherché!

Je soulevai le seau jusqu'à ses lèvres. Il but, les yeux fermés. C'était doux comme une fête. Cette eau était bien autre chose qu'un aliment. Elle était née de la marche sous les étoiles, du chant de la poulie, de l'effort de mes bras. Elle était bonne pour le coeur, comme un cadeau. Lorsque j'étais petit garçon, la lumière de l'arbre de Noël, la musique de la messe de minuit, la douceur des sourires faisaient, ainsi, tout le rayonnement du cadeau de Noël que je recevais.

-Les hommes de chez toi, dit le petit prince, cultivent cinq mille roses dans un même jardin... et ils n'y trouvent pas ce qu'ils cherchent...

-Ils ne le trouvent pas, répondis-je...

Lentamente, levantei o balde até a borda. Coloquei-o em pé. Em meus ouvidos, prolongou-se o canto da roldana e, na água que ainda tremia, vi o sol tremer.

– Tenho sede dessa água – disse o pequeno príncipe. – Dê-me algo para beber.

E eu entendi o que ele estava procurando!

Levei o balde aos lábios dele. Ele bebeu, de olhos fechados. Foi doce como uma festa. Essa água era muito mais do que uma bebida. Nasceu do caminhar sob as estrelas, do canto da roldana, do esforço dos meus braços. Foi bom para o coração, como um presente. Quando eu era menino, a luz da árvore de Natal, a música da missa da meia-noite, a doçura dos sorrisos faziam todo o brilho do presente de Natal que recebia.

– De onde você vem – disse o pequeno príncipe –, os homens cultivam cinco mil rosas no mesmo jardim e eles não encontram o que procuram...

– Eles não conseguem encontrar – respondi.

-Et cependant ce qu'ils cherchent pourrait être trouvé dans une seule rose ou un peu d'eau...

-Bien sûr, répondis-je.

Et le petit prince ajouta:

-Mais les yeux sont aveugles. Il faut chercher avec le coeur.

J'avais bu. Je respirais bien. Le sable, au lever du jour, est couleur de miel. J'étais heureux aussi de cette couleur de miel. Pourquoi fallait-il que j'eusse de la peine...

-Il faut que tu tiennes ta promesse, me dit doucement le petit prince, qui, de nouveau, s'était assis auprès de moi.

-Quelle promesse?

-Tu sais...une muselière pour mon mouton...je suis responsable de cette fleur!

Je sortis de ma poche mes ébauches de dessin. Le petit prince les aperçut et dit en riant:

-Tes baobabs, ils ressemblent un peu à des choux...

-Oh!

Moi qui étais si fier des baobabs!

-Ton renard...ses oreilles...elles ressemblent un peu à des cornes... et elles sont trop longues!

– E, no entanto, o que eles estão procurando pode ser encontrado em uma única rosa ou em um pouco de água.

– É verdade – respondi.

E o principezinho acrescentou:

– Mas os olhos são cegos. Você tem que procurar com o coração.

Eu havia bebido água. Respirava bem. A areia, ao amanhecer, era da cor do mel. Também fiquei feliz com essa cor de mel. Por que eu deveria estar triste...?

– Você deve manter sua promessa – disse o pequeno príncipe com gentileza, após se sentar ao meu lado novamente.

– Que promessa?

– Você sabe... uma focinheira para minha ovelha... Eu sou responsável por aquela flor!

Tirei meus esboços do bolso. O principezinho viu-os e disse, rindo:

– Seus baobás, eles se parecem um pouco com repolhos...

– Ah!

E eu estava tão orgulhoso dos baobás!

– Sua raposa... as orelhas dela... elas se parecem um pouco com chifres ... e são muito longas!

Et il rit encore.

-Tu es injuste, petit bon-homme, je ne savais rien dessiner que les boas fermés et les boas ouverts.

-Oh! ça ira, dit-il, les enfants savent.

Je crayonnai donc une muse-lière. Et j'eus le coeur serré en la lui donnant:

-Tu as des projets que j'ignore...

Mais il ne me répondit pas. Il me dit:

-Tu sais, ma chute sur la Terre...c'en sera demain l'anniversaire...

Puis, après un silence il dit encore:

-J'étais tombé tout près d'ici...

Et il rougit.

Et de nouveau, sans com-prendre pourquoi, j'éprouvai un chagrin bizarre. Cependant une question me vint:

-Alors ce n'est pas par hasard que, le matin où je t'ai connu, il y a huit jours, tu te promenais comme ça, tout seul, à mille milles de toutes régions habitées! Tu re-tournais vers le point de ta chute?

Ele ri novamente.

– Você é injusto, homenzi-nho, eu não sabia desenhar nada além de jiboias fechadas e jiboias abertas.

-Ah! Vai ficar tudo bem – disse ele –, as crianças sabem.

Então eu desenhei uma foci-nheira. E meu coração afundou quando eu dei a ele:

– Você tem planos que eu não conheço...

Mas ele não me respondeu. Disse:

– Você sabe, minha que-da na Terra... Amanhã será o aniversário...

Então, depois de um silêncio, ele disse novamente:

– Eu tinha caído muito perto daqui...

E corou.

E novamente, sem entender por que, senti uma estranha tristeza. No entanto, me veio uma pergunta:

– Então não é por acaso que na manhã em que o conheci, há oito dias, você estava andando assim, sozinho, a milhas e milhas de todas as regiões habitadas. Você estava voltando ao ponto de sua queda?

Le petit prince rougit encore.

Et j'ajoutai, en hésitant:

-À cause, peut-être, de l'anniversaire?...

Le petit prince rougit de nouveau. Il ne répondait jamais aux questions, mais, quand on rougit, ça signifie «oui», n'est-ce pas?

-Ah! lui dis-je, j'ai peur...

Mais il me répondit:

-Tu dois maintenant travailler. Tu dois repartir vers ta machine. Je t'attends ici. Reviens demain soir...

Mais je n'étais pas rassuré. Je me souvenais du renard. On risque de pleurer un peu si l'on s'est laissé apprivoiser...

O pequeno príncipe corou novamente.

E acrescentei, hesitante:

– Por causa, talvez, do aniversário...?

O pequeno príncipe corou novamente. Ele nunca respondia às perguntas, mas quando você cora, significa "sim", não é?

-Ah! – Eu disse a ele. – Estou com medo.

Mas ele respondeu:

– Agora você tem que trabalhar. Você tem que voltar para sua máquina. Estarei esperando por você aqui. Volte amanhã à noite...

Mas eu não estava tranquilo. Lembrei-me da raposa. Podemos chorar um pouco se nos deixamos cativar...

XXVI

Il y avait, à côté du puits, une ruine de vieux mur de pierre. Lorsque je revins de mon travail, le lendemain soir, j'aperçus de loin mon petit prince assis là-haut, les jambes pendantes. Et je l'entendis qui parlait:

-Tu ne t'en souviens donc pas? disait-il. Ce n'est pas tout à fait ici!

Une autre voix lui répondit sans doute, puisqu'il répliqua:

-Si! Si! c'est bien le jour, mais ce n'est pas ici l'endroit...

Je poursuivis ma marche vers le mur. Je ne voyais ni n'entendais toujours personne. Pourtant le petit prince répliqua de nouveau:

-...Bien sûr. Tu verras où commence ma trace dans le sable. Tu n'as qu'à m'y attendre. J'y serai cette nuit...

J'étais à vingt mètres du mur et je ne voyais toujours rien.

Ao lado do poço, havia uma ruína de um antigo muro de pedra. Na noite seguinte, quando voltei do trabalho, vi meu pequeno príncipe sentado lá em cima com as pernas balançando. E eu o ouvi falar:

– Você não se lembra, então? – ele disse. – Não é bem aqui!

Outra voz, sem dúvida, respondeu-lhe, pois ele retorquiu:

– Sim! Sim! O dia é o certo, mas este não é o lugar...

Continuei minha caminhada em direção ao muro. Eu ainda não via nem ouvia ninguém. No entanto, o pequeno príncipe respondeu novamente:

– ... é claro. Você verá na areia onde começa minha trilha. Você apenas tem que esperar por mim. Eu estarei lá esta noite...

Eu estava a vinte metros da parede e ainda não conseguia ver nada.

Le petit prince dit encore, après un silence:

-Tu as du bon venin? Tu es sûr de ne pas me faire souffrir longtemps?

Je fis halte, le coeur serré, mais je ne comprenais toujours pas.

-Maintenant va-t'en, dit-il...je veux redescendre!

Depois de um silêncio, o principezinho disse outra vez:

– Você tem um bom veneno? Tem certeza de que não vai me fazer sofrer por muito tempo?

Parei, com o coração na mão, mas ainda sem entender.

– Agora vá embora – disse ele.
– Eu quero descer de novo!

Alors j'abaissai moi-même les yeux vers le pied du mur, et je fis un bond! Il était là, dressé vers le petit prince, un de ces serpents jaunes qui vous exécutent en trente secondes. Tout en fouillant ma poche pour en tirer mon révolver, je pris le pas de course, mais, au bruit que je fis, le serpent se laissa doucement couler dans le sable, comme un jet d'eau qui meurt, et, sans trop se presser, se faufila entre les pierres avec un léger bruit de métal.

Je parvins au mur juste à temps pour y recevoir dans les bras mon petit bonhomme de prince, pâle comme la neige.

-Quelle est cette histoire-là! Tu parles maintenant avec les serpents!

J'avais défait son éternel cache-nez d'or. Je lui avait mouillé les tempes et l'avais fait boire. Et maintenant je n'osais plus rien lui demander. Il me regarda gravement et m'entoura le cou de ses bras. Je sentais battre son coeur comme celui d'un oiseau qui meurt, quand on l'a tiré à la carabine. Il me dit:

Então eu mesmo abaixei meus olhos para a base da parede e dei um salto! Lá estava ela, enfrentando o pequeno príncipe, uma daquelas cobras amarelas que matam em trinta segundos. Enquanto enfiava a mão no bolso para sacar meu revólver, corri, mas com o barulho que fiz, a cobra se deixou afundar suavemente na areia, como um esguicho de água que se esgota, e, sem muita pressa, escorregou entre as pedras com um leve som metálico.

Cheguei à parede bem a tempo de receber em meus braços meu caro príncipe, pálido como a neve.

– Que história é essa! Agora você fala com as cobras!

Eu desfiz seu eterno cachecol de ouro. Molhei suas têmporas e o fiz beber. E agora eu não ousava perguntar nada a ele. Olhou para mim com seriedade e colocou os braços em volta do meu pescoço. Senti seu coração bater como o de um pássaro moribundo quando baleado por um rifle. Ele me disse:

-Je suis content que tu aies trouvé ce qui manquait à ta machine. Tu vas pouvoir rentrer chez toi...

-Comment sais-tu?

Je venais justement lui annoncer que, contre toute espérance, j'avais réussi mon travail!

Il ne répondit rien à ma question, mais il ajouta:

-Moi aussi, aujourd'hui, je rentre chez moi...

Puis, mélancolique:

-C'est bien plus loin... c'est bien plus difficile...

– Estou feliz que você tenha descoberto o que estava faltando em sua máquina. Você poderá voltar para casa...

– Como você sabe?

Eu tinha acabado de vir para dizer a ele que, contra toda expectativa, eu tinha obtido sucesso!

Ele não respondeu à minha pergunta, mas acrescentou:

– Eu também estou indo para casa...

Então, com melancolia:

– É muito mais longe... É muito mais difícil...

Je sentais bien qu'il se passait quelque chose d'extraordinaire. Je le serrais dans mes bras comme un petit enfant, et cependant il me semblait qu'il coulait verticalement dans un abîme sans que je pusse rien pour le retenir...

Il avait le regard sérieux, perdu très loin:

-J'ai ton mouton. Et j'ai la caisse pour le mouton. Et j'ai la muselière...

Et il sourit avec mélancolie.

J'attendis longtemps. Je sentais qu'il se réchauffait peu à peu:

-Petit bonhomme, tu as eu peur...

Il avait eu peur, bien sûr! Mais il rit doucement:

-J'aurai bien plus peur ce soir...

De nouveau je me sentis glacé par le sentiment de l'irréparable. Et je compris que je ne supportais pas l'idée de ne plus jamais entendre ce rire. C'était pour moi comme une fontaine dans le désert.

-Petit bonhomme, je veux encore t'entendre rire...

Eu podia sentir que algo extraordinário estava acontecendo. Apertei-o em meus braços como uma criança, e ainda assim parecia que ele estava afundando em um abismo sem que eu pudesse segurá-lo.

Ele tinha um olhar sério, vagando longe:

– Eu tenho sua ovelha. E tenho a caixa para a ovelha. E tenho uma focinheira...

E sorriu com melancolia.

Esperei muito tempo. Senti que ele estava se aquecendo aos poucos:

– Homenzinho, você estava com medo...

Ele estava com medo, é claro! Mas riu baixinho:

– Vou ter muito mais medo esta noite...

Mais uma vez senti um arrepio com a sensação do irreparável. E eu entendi que não suportava a ideia de nunca mais ouvir aquela risada. Ele era como uma fonte no deserto para mim.

– Homenzinho, eu quero ouvir você rir de novo.

Mais il me dit:

-Cette nuit, ça fera un an. Mon étoile se trouvera juste au-dessus de l'endroit où je suis tombé l'année dernière...

-Petit bonhomme, n'est-ce pas que c'est un mauvais rêve cette histoire de serpent et de rendez-vous et d'étoile...

Mais il ne répondit pas à ma question. Il me dit:

-Ce qui est important, ça ne se voit pas...

-Bien sûr...

-C'est comme pour la fleur. Si tu aimes une fleur qui se trouve dans une étoile, c'est doux, la nuit, de regarder le ciel. Toutes les étoiles sont fleuries.

-Bien sûr...

C'est comme pour l'eau. Celle que tu m'as donnée à boire était comme une musique, à cause de la poulie et de la corde...tu te rappelles...elle était bonne.

-Bien sûr...

-Tu regarderas, la nuit, les étoiles. C'est trop petit chez moi pour que je te montre où se trouve la mienne. C'est mieux comme ça.

Mas ele me disse:

– Esta noite completará um ano. Minha estrela estará logo acima de onde caí no ano passado...

– Homenzinho, não é só um pesadelo essa história de cobra e encontro marcado e estrela...

Mas ele não respondeu à minha pergunta. Ele me disse:

– O que é importante, você não pode ver...

– É claro...

– É como a flor. Se você gosta de uma flor que está em uma estrela, à noite é doce olhar para o céu. Todas as estrelas estão florescendo.

– É claro...

– É como com a água. O que você me deu de beber era como música, por causa da roldana e da corda... Você se lembra... como foi bom.

– É claro...

– Você vai olhar para as estrelas à noite. Minha casa é pequena demais para eu mostrar onde está. É melhor assim.

Mon étoile, ça sera pour toi une des étoiles. Alors, toutes les étoiles, tu aimeras les regarder... Elles seront toutes tes amies. Et puis je vais te faire un cadeau...

Il rit encore.

-Ah! petit bonhomme, petit bonhomme, j'aime entendre ce rire!

-Justement ce sera mon cadeau...ce sera comme pour l'eau...

-Que veux-tu dire?

-Les gens ont des étoiles qui ne sont pas les mêmes. Pour les uns, qui voyagent, les étoiles sont des guides. Pour d'autres elles ne sont rien que de petites lumières. Pour d'autres qui sont savants, elles sont des problèmes. Pour mon businessman elles étaient de l'or. Mais toutes ces étoiles-là se taisent. Toi, tu auras des étoiles comme personne n'en a...

-Que veux-tu dire?

-Quand tu regarderas le ciel, la nuit, puisque j'habiterai dans l'une d'elles, puisque je rirai dans l'une d'elles, alors ce sera pour toi comme si riaient toutes les étoiles. Tu auras, toi, des étoiles qui savent rire!

Et il rit encore.

Minha estrela será qualquer uma das estrelas para você. Então, você vai adorar olhar para todas as estrelas... Todas elas serão suas amigas. E então eu vou te dar um presente...

Ele riu novamente.

– Ah! Homenzinho, homenzinho, adoro ouvir essa risada!

– Precisamente, será o meu presente... será como a água...

– O que você quer dizer?

– As pessoas têm estrelas que não são iguais. Para alguns, que viajam, as estrelas são guias. Para outros, elas nada mais são do que pequenas luzes. Para outros que são instruídos, são problemas. Para o meu homem de negócios, elas eram ouro. Mas todas essas estrelas estão em silêncio. Você terá estrelas como ninguém mais tem...

– O que você quer dizer?

– Quando você olhar para o céu à noite, já que vou morar em uma delas, já que vou rir em uma delas, então será como se todas as estrelas estivessem rindo. Você terá estrelas que sabem rir!

E ele riu novamente.

-Et quand tu seras consolé (on se console toujours) tu seras content de m'avoir connu. Tu seras toujours mon ami. Tu auras envie de rire avec moi. Et tu ouvriras parfois ta fenêtre, comme ça, pour le plaisir...Et tes amis seront bien étonnés de te voir rire en regardant le ciel. Alors tu leur diras: «Oui, les étoiles, ça me fait toujours rire!» Et ils te croiront fou. Je t'aurai joué un bien vilain tour...

Et il rit encore.

-Ce sera comme si je t'avais donné, au lieu d'étoiles, des tas de petits grelots qui savent rire...

Et il rit encore. Puis il redevint sérieux:

-Cette nuit...tu sais...ne viens pas.

-Je ne te quitterai pas.

-J'aurai l'air d'avoir mal...j'aurai un peu l'air de mourir. C'est comme ça. Ne viens pas voir ça, ce n'est pas la peine...

-Je ne te quitterai pas.

Mais il était soucieux.

– E quando você se consolar (sempre nos consolamos), você ficará feliz por ter me conhecido. Você sempre será meu amigo. Você vai querer rir comigo. E às vezes você abrirá sua janela, assim, por diversão... E seus amigos ficarão surpresos ao vê-lo rir enquanto olha para o céu. Então você vai dizer a eles: "Sim, as estrelas sempre me fazem rir!". E eles vão pensar que você é louco. Será uma peça que eu vou pregar em você...

E ele riu novamente.

– Será como se eu tivesse dado a você, em vez de estrelas, muitos sininhos que sabem rir...

E ele riu novamente. Então, ficou sério mais uma vez:

– Esta noite... Você sabe... Não venha.

– Eu não vou deixá-lo.

– Vou parecer estar com dor... Vou parecer um pouco como se estivesse morrendo. É assim que é. Não venha ver isso, não vale a pena...

– Eu não vou deixá-lo.

Mas ele estava preocupado.

-Je te dis ça...c'est à cause aussi du serpent. Il ne faut pas qu'il te morde...Les serpents, c'est méchant. Ça peut mordre pour le plaisir...

-Je ne te quitterai pas.

Mais quelque chose le rassura:

-C'est vrai qu'ils n'ont pas le venin pour la seconde morsure...

Cette nuit-là je ne le vis pas se mettre en route. Il s'était évadé sans bruit. Quand je réussis à le rejoindre il marchait décidé, d'un pas rapide. Il me dit seulement:

-Ah! tu es là...

Et il me prit par la main. Mais il se tourmenta encore:

-Tu as eu tort. Tu auras de la peine. J'aurai l'air d'être mort et ce ne sera pas vrai...

Moi je me taisais.

-Tu comprends. C'est trop loin. Je ne peux pas emporter ce corps-là. C'est trop lourd.

Moi je me taisais.

-Mais ce sera comme une vieille écorce abandonnée. Ce n'est pas triste les vieilles écorces...

Moi je me taisais.

Il se découragea un peu. Mais il fit encore un effort:

– Estou lhe dizendo que... é também por causa da cobra. Ela não deve morder você... Cobras são desagradáveis. Podem morder por diversão...

– Eu não vou deixá-lo.

Mas algo o tranquilizou:

– É verdade que elas não têm veneno para a segunda mordida...

Naquela noite, não o vi partir. Ele escapou sem barulho. Quando consegui alcançá-lo, ele caminhava com determinação, com um passo rápido. Apenas me disse:

-Ah! Você está aqui...

E ele me pegou pela mão. Mas se atormentou novamente:

– Você fez mal. Você ficará triste. Vou parecer estar morto e não vai ser verdade...

Fiquei em silêncio.

– Você entende. É longe demais. Eu não posso levar esse corpo comigo. É muito pesado.

Fiquei em silêncio.

– Mas será como uma velha casca abandonada. Não é triste a velha casca...

Fiquei em silêncio.

Ele ficou um pouco desanimado. Mas fez outro esforço:

-Ce sera gentil, tu sais. Moi aussi, je regarderai les étoiles. Toutes les étoiles seront des puits avec une poulie rouillée. Toutes les étoiles me verseront à boire...

Moi je me taisais.

-Ce sera tellement amusant! Tu auras cinq cents millions de grelots, j'aurai cinq cent millions de fontaines...

Et il se tut aussi, parce qu'il pleurait...

-C'est là. Laisse moi faire un pas tout seul.

Et il s'assit parce qu'il avait peur.

Il dit encore:

-Tu sais...ma fleur...j'en suis responsable! Et elle est tellement faible! Et elle est tellement naïve. Elle a quatre épines de rien du tout pour la protéger contre le monde...

Moi je m'assis parce que je ne pouvais plus me tenir debout. Il dit:

-Voilà...C'est tout...

Il hésita encore un peu, puis il se releva. Il fit un pas. Moi je ne pouvais pas bouger.

Il n'y eut rien qu'un éclair jaune près de sa cheville. Il demeura un

– Vai ser bonito, você sabe. Eu também vou olhar para as estrelas. Todas as estrelas serão poços com uma polia enferrujada. Todas as estrelas vão me servir água..

Fiquei em silêncio.

– Vai ser muito divertido! Você terá quinhentos milhões de sinos, eu terei quinhentos milhões de fontes...

E ele ficou em silêncio também, porque estava chorando...

– É isso. Deixe-me dar um passo por conta própria.

E ele se sentou porque estava com medo.

Ele também disse:

– Você sabe... minha flor... Eu sou responsável por ela! E ela é tão frágil! E ela é tão ingênua. Ela tem quatro espinhos de nada para protegê-la do mundo...

Sentei-me porque não conseguia mais ficar de pé. Ele disse:

– Aí está... Isso é tudo...

Hesitou um pouco mais, então se levantou. Deu um passo. Eu não conseguia me mexer.

Não houve nada além de um clarão amarelo perto de seu tornozelo. Ele permaneceu imóvel

instant immobile. Il ne cria pas. Il tomba doucement comme tombe un arbre. Ça ne fit même pas de bruit, à cause du sable.

por um momento. Não gritou. Caiu suavemente como uma árvore. Por causa da areia, nem mesmo fez barulho.

XXVII

Et maintenant, bien sûr, ça fait six ans déjà...Je n'ai jamais encore raconté cette histoire. Les camarades qui m'ont revu ont été bien contents de me revoir vivant. J'étais triste mais je leur disais: C'est la fatigue...

Maintenant je me suis un peu consolé. C'est à dire... pas tout à fait. Mais je sais bien qu'il est revenu à sa planète, car, au lever du jour, je n'ai pas retrouvé son corps. Ce n'était pas un corps tellement lourd...Et j'aime la nuit écouter les étoiles. C'est comme cinq cent millions de grelots...

Mais voilà qu'il se passe quelque chose d'extraordinaire. La muselière que j'ai dessinée pour le petit prince, j'ai oublié d'y ajouter la courroie de cuir! Il n'aura jamais pu l'attacher au mouton. Alors je me demande: «Que s'est-il passé sur sa planète? Peut-être bien que le mouton à mangé la fleur...»

E agora, é claro, já se passaram seis anos... Eu nunca contei essa história antes. Os camaradas que me viram novamente ficaram muito felizes em me encontrar vivo. Fiquei triste, mas disse a eles: "É o cansaço..."

Agora eu me consolei um pouco. Ou... quase. Mas sei muito bem que ele voltou ao seu planeta, pois, ao amanhecer, não encontrei seu corpo. Não era um corpo tão pesado... E eu gosto de ouvir as estrelas à noite. São quinhentos milhões de sinos...

Mas então algo extraordinário aconteceu. A focinheira que desenhei para o principezinho, esqueci-me de acrescentar uma correia de couro nela! Ele nunca foi capaz de prendê-la na ovelha. Então, eu me pergunto: "O que aconteceu em seu planeta? Talvez a ovelha tenha comido a flor..."

Tantôt je me dis: «Sûrement non! Le petit prince enferme sa fleur toutes les nuits sous son globe de verre, et il surveille bien son mouton...» Alors je suis heureux. Et toutes les étoiles rient doucement.

Tantôt je me dis: «On est distrait une fois ou l'autre, et ça suffit! Il a oublié, un soir, le globe de verre, ou bien le mouton est sorti sans bruit pendant la nuit...» Alors les grelots se changent tous en larmes!...

C'est là un bien grand mystère. Pour vous qui aimez aussi le petit prince, comme pour moi, rien de l'univers n'est semblable si quelque part, on ne sait où, un mouton que nous ne connaissons pas a, oui ou non, mangé une rose...

Às vezes penso: "Certamente não! O pequeno príncipe tranca sua flor todas as noites sob sua redoma de vidro e fica de olho em sua ovelha... Então estou feliz". E todas as estrelas riem baixinho.

Às vezes penso assim: "Somos distraídos de vez em quando, e uma vez é o suficiente! Ele esqueceu, uma noite, a redoma de vidro, ou então a ovelha saiu silenciosamente durante a noite... Então todos os sinos se transformam em lágrimas...".

Eis aí um grande mistério. Para mim, e para você que também ama o pequeno príncipe, nada no universo é a mesma coisa se, em algum lugar, não sabemos onde, uma ovelha que não conhecemos, comeu uma rosa...

Regardez le ciel. Demandez-vous: le mouton oui ou non a-t-il mangé la fleur? Et vous verrez comme tout change...

Et aucune grande personne ne comprendra jamais que ça a tellement d'importance!

Ça c'est, pour moi, le plus beau et le plus triste paysage du monde. C'est le même paysage que celui de la page précédente, mais je l'ai dessiné une fois encore pour bien vous le montrer. C'est ici que le petit prince a apparu sur terre, puis disparu.

Olhe para o céu. Pergunte a si mesmo: a ovelha comeu ou não a flor? E você verá como tudo muda...

E nenhuma pessoa crescida jamais entenderá como isso pode ter tanta importância!

Esta, para mim, é a paisagem mais bonita e triste do mundo. É a mesma paisagem da página anterior, mas eu a desenhei mais uma vez para mostrar a vocês. Foi aqui que o pequeno príncipe apareceu na terra, e depois desapareceu.

Regardez attentivement ce paysage afin d'être sûrs de le reconnaître, si vous voyagez un jour en Afrique, dans le désert. Et, s'il vous arrive de passer par là, je vous en supplie, ne vous pressez pas, attendez un peu juste sous l'étoile! Si alors un enfant vient à vous, s'il rit, s'il a des cheveux d'or, s'il ne répond pas quand on l'interroge, vous devinerez bien qui il est. Alors soyez gentils! Ne me laissez pas tellement triste: écrivez-moi vite qu'il est revenu...

FIN

Olhe com atenção para esta paisagem para ter certeza de reconhecê-la, se você viajar até a África, no deserto. E, se acontecer de você passar lá, eu imploro, não se apresse, espere um pouco logo abaixo da estrela! Se então uma criança vier até você, se ela rir, se ela tiver cabelos dourados, se ela não responder quando questionada, você adivinhará quem ela é. Então seja gentil! Não me deixe tão triste: escreva-me o mais rápido possível contando que ele voltou...

FIM

Sobre o autor

À propos de l'auteur

Né le 29 juin 1900 à Lyon, Antoine de Saint-Exupéry a montré une grande passion pour l'aviation dès son plus jeune âge, ce qui le conduit à devenir pilote — et ce métier aura un impact profond sur sa vie d'auteur. Son expérience de diverses missions, y compris des vols postaux aériens dans des régions continent africain, influencera directement son œuvre littéraire.

En tant qu'écrivain, Saint-Exupéry est surtout connu pour «Le Petit Prince», publié en 1943, une œuvre qui deviendra l'un des livres les plus traduits et les plus lus au monde. En plus de ce classique, il a également écrit d'autres romans, tels que «Vol de Nuit» et «Terre des Hommes», qui explorent les thèmes de la solitude, de l'humanité et de la recherche d'un sens dans les adversités de la vie.

Sa carrière dans la littérature et l'aviation s'acheva tragiquement et brusquement en 1944, lorsque Saint-Exupéry disparut lors d'un vol de reconnaissance au-dessus de la Méditerranée pendant la Seconde Guerre mondiale.

Nascido em 29 de junho de 1900, em Lyon, na França, Antoine de Saint-Exupéry demonstrou uma grande paixão pela aviação desde jovem, o que o levou a se tornar piloto — e essa profissão marcaria profundamente sua vida de autor. Sua experiência com várias missões, incluindo voos de correios aéreos em áreas remotas do continente africano, influenciaria diretamente sua obra literária.

Como escritor, Saint-Exupéry é mais conhecido por *O Pequeno Príncipe*, publicado em 1943, obra que se tornaria um dos livros mais traduzidos e lidos em todo o mundo. Além desse clássico, ele também escreveu outros romances, como *Voo Noturno* e *Terra dos Homens*, que exploram temas de solidão, humanidade e a busca por significado nas adversidades da vida.

Sua carreira na literatura e na aviação se encerraria trágica e abruptamente em 1944, quando Saint-Exupéry desapareceu num voo de reconhecimento sobre o Mar Mediterrâneo, durante a Segunda Guerra.

Son corps n'a jamais été retrouvé, ce qui a certainement contribué à l'aura magique qui plane autour de sa vie et de son travail. «Le Petit Prince» est toujours admiré pour son message intemporel sur l'amour, l'amitié et l'importance de voir le monde à travers les yeux d'un enfant.

Seu corpo nunca foi encontrado, o que certamente contribuiu para a aura mágica que paira em torno de sua vida e obra. *O Pequeno Príncipe* segue admirado por sua mensagem atemporal sobre o amor, a amizade e a importância de ver o mundo com os olhos de uma criança.